# 喵星人森林

動物保護・生態關懷文選

陳幸蕙◎主編

【編序】

# 願一切有生命的，皆免於受苦！

◎陳幸蕙

## (一)叔本華最心愛的禱詞

據說，印度教有一句古老的祈祝：

「願一切有生命的，皆免於受苦！」

這一令人落淚的悲願，後來成為德國哲學家叔本華最心愛的禱詞。

多年前，初在書上與這重如泰山的話相遇，曾深受震撼！

彷若天啟，穿越遙遠的時空而來，這寄寓無限深情與人道關懷的祈祝，後來，也成為我生命的一個轉捩點、思考與行事的一枚參考指標。

接著，當我開始閱讀彼得・辛格《動物解放》一書，了解到所謂「生命受苦」，有很大一部分，其實是來自人類的本位主義，或如美國詩人康明思所創新字manunkind所示那樣時，懷著謙卑的希望，默禱之外，我期許自己，如果可以，也能為那閃著淚光的悲願，盡一點點心力，做一點點零工。

或許，這便是我以動物保護、生態關懷為主題，編選集的初心。

## （二）風暴般前所未有的龐大傷痛

而在生命過程中，當我透過觀察、自身豢養動物的經驗，以及，許多文學非文學作品之閱讀，復更深切體認到——我們習以為常、漫不經心所慣稱的「畜牲」、「禽獸」，其實，都是有情感、有意志、有個性、心靈會受傷的生命體，且往往單純友善，遠勝人類。

然後，終於，當我隨著臺北市環保局清潔大隊捕犬小組，同赴街頭捕捉棄犬，復隨同這些工作人員，前往家畜衛生檢驗所之「棄養犬隻稽留舍」、「麻醉善後處理區」，與高溫達攝氏千度、銷毀流浪動物的焚化爐前，親自參與，藉以了解整個名為「人道捕捉棄犬」的肅殺行動後，風暴般前所未有的龐大傷痛，撞擊著我的心，昔日初衷再也無法不化為行動，於是，這三年來，乃有《喵星人森林》等三本選集的完成。

## （三）有溫度、「有洋蔥」的選集

三本選集中之作品，當然，最初並未預設立場，要為「動物保護・生態關懷」主題服務。

那都是作家忠於自我，在生命中有所觸動，而真實呈現了內在情、思、感、悟的結果。

但畢竟，在不自覺中，亦傳達了諸如——人與動物間的倫理思考、人類沙文主義的反省、動物權與尊重生命理念的詮釋、自然生態的有情觀照……等諸多超越作品本身的訊息，於「動物保護・生態關懷」的指涉上，情誠於中而形於外，自然生動，充滿說服力，遂格外顯得彌足珍貴。於是在此，便實不能不感謝作家們傾力支持，同意大作收編了。亦不能不感謝幼獅編輯團隊在行政業務與技術上的種種協助。

而若再回歸至編輯理念上，則與一般選集稍異的是，由於希望國、高中讀者與一般大眾，明白易解，故幾帖文言文均附編注、語譯，所有篇章後，亦附上我誠懇寫就，與讀者親切互動、進行觀念對話的賞析文字。

如此出以眾人的溫暖、善意，風簷展書讀，我期望，這是有溫度，甚至「有洋蔥」的選集。

## （四）可愛的米老鼠之外

只是現代文學中，動保作品確實不多，因此三本選集竣工後，這個編務將暫劃上句點。

而由於作品確實稀缺，因此選文過程中，我亦曾從古典文學尋找，收錄了如白居易、蘇東坡、鄭板橋、蒲松齡之作，更向西方文學投石問路，選用了史懷哲語錄，以及本書中的英國詩人彭斯和美國詩人康明思之作。

在此或許值得一提的是，本書所選彭斯和康明思作品，均以老鼠入詩。

記得數年前，生肖屬鼠，與一名國中生閒談時曾問起，若述及文學藝術作品中的老鼠，她會想起什麼？

露出超萌微笑的女孩，不假思索說：

「當然是米老鼠啊！」

那的確也是一個真實、幸福、再好不過的回答。

但如果可能，我希望她，與青春氣息洋溢的新新人類，能讀到彭斯與康明思這兩首詩。

能在可愛的米老鼠之外，透過這兩首名詩中的無名之鼠，啊，透過一個全新、迥異的觀察關懷視角，獲得可貴的成長。

## （五）愛的響應，Say Yes!

而時至今日，慚愧的是，我仍未讀完《動物解放》。

因為書中所述，人對動物那樣的對待，我必須承認，實在沒有勇氣讀下去。

但這被稱為「動物解放聖經」的書，卻帶給我一個莫大的啟發，那便是：

任何我們不會對人做的事，也不應該對動物做。

於是，當托爾斯泰說：

「人類被賦予一種工作，那就是精神的成長！」

時，出以人道主義、平權思考，我想，繼奴隸解放、黑人解放、女性解放等之後，二十一世紀人類的精神成長，應是指向了動物解放吧！

這三本選集，是向托爾斯泰「人類精神成長說」，與彼得・辛格的「動物解放」理念——

say yes!

是對印度教那美麗祈祝的一個——

愛的響應！

願一切有生命的，皆免於受苦！

——二〇一八年七月仲夏於新北市新店

# 目錄

【附錄】

# 記先夫人不殘鳥雀

◎宋・蘇軾

吾昔少年時，所居書室前，有竹、柏、桃、雜花，叢生滿庭，眾鳥巢其上。

編注 1 武陽君：即蘇軾母程氏，曾受封為「武陽君」。
2 鷇：音ㄎㄡ丶，初生的幼鳥。
3 桐花鳳：鳥名，似鸚鵡而體型較小，常棲於桐花樹上，故名。
4 馴擾：馴服柔順。

吾昔少年時，所居書室前，有竹、柏、桃、雜花，叢生滿庭，眾鳥巢其上。

武陽君（編注1）惡殺生，兒童婢僕，皆不得捕取鳥雀。數年間，皆巢於低枝，其鷇（編注2）可俯而窺也。又有桐花鳳（編注3）四五，日翔集其間，此鳥羽毛至為珍異難見，而能馴擾（編注4），殊不畏人，閭里間見之，以為異事。

此無他，不忮（編注5）之誠，信於異類也。有野老言：「鳥雀巢去人太遠，則其子有蛇、鼠、狐、貍、鴟（編注6）、鳶（編注7）之憂；人既不殺，則自近人者，欲免此患也。」

由是觀之，異時（編注8）鳥雀巢不敢近人者，以人為甚於蛇、鼠之類也。「苛政猛於虎」，信哉！

——選自《東坡志林》

編注

5 不忮：不傷害。忮音ㄓˋ，傷害。

6 鴟：音ㄔ，老鷹。

7 鳶：音ㄩㄢ，一種猛禽，形略似鷹。

8 異時：後來。

## 語譯

我年少時所住書房前，種有竹、柏、桃樹和形形色色的花，密密長滿庭院，許多鳥都來此築巢。

母親武陽君厭惡殺害生物，家中不論小孩、婢女、男僕，都不准捕捉鳥雀。這樣過了幾年，鳥雀都把巢築在矮枝上，我們低頭就可看到鳥巢裡剛出生的幼鳥。另外，還有四五隻桐花鳳，每天在花木間穿梭飛翔。這種鳥，羽毛非常稀奇珍貴，難得一見，但卻馴良柔順，一點也不怕我們。鄉里鄰居看到這種情形，都很驚訝。

所以如此，原因無他，因為我們以不傷害動物的真誠之心相待，自然能得到動物的信賴。有位鄉間老人說：

「鳥築巢若離人太遠，會擔心幼鳥遭蛇、鼠、狐貍、老鷹捕食。人若不傷害牠們，牠們自然就會和人親近，因為希望避免被捕食啊！」

若從這說法出發，那麼，後來為何鳥雀築巢，不敢接近人類，是因為牠們覺得人類遠比蛇、鼠等動物更殘忍之故吧！

「嚴苛的政治迫害，比老虎對生命的威脅更加可怕！」這話說的一點也不錯啊！

## 作者簡介

蘇軾（1037～1101），字子瞻，號東坡居士，世稱蘇東坡，宋眉州（今四川）眉山人。幼時由母親程氏教導，遍讀經史，二十歲中進士，在朝任職，因與王安石政見不合，自請外放，歷任黃州刺史等。後奉召回京，又遭排擠，貶至儋州（今海南島）。晚年遇赦回京，於旅途中病逝，卒謚文忠。蘇軾為北宋重量級文學家，詩、詞、散文兼擅，與父洵、弟轍合稱「三蘇」，並列唐宋八大家，著有《東坡全集》、《東坡樂府》等。

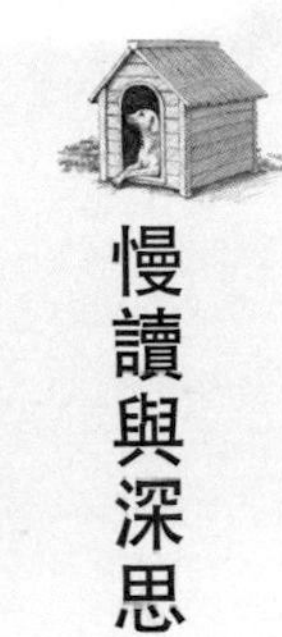

## 慢讀與深思

蘇東坡〈記先夫人不殘鳥雀〉一文，敘述慈母武陽君基於慈悲、愛與平等心，不准家人捕捉鳥雀，鳥雀彷彿心有所感，對人非常親近、信任，不僅築巢於低枝，完全不擔心將幼鳥暴露在人前，甚至連難得一見的珍禽桐花鳳，也一點都不怕人，日日飛來蘇家庭園，引得鄰里嘖嘖稱奇。

蘇東坡說，這其實並不奇怪，只要人不存傷害之心，就能取信於動物。鳥雀本來是怕蛇、鼠、狐、鷹這些天敵的，但因發現人性殘忍、傷害牠們更甚於天敵，所以就遠遠避開，另覓棲身之地，「不敢近人」了。因此說穿了，動物是否樂於「近人」的關鍵，不在動物，卻在於人是否「不忮（傷害）」與「不殺」！結語兩句雖引申至政治聯想，但全文重點仍在「不殘鳥雀」的主題上。

蘇東坡此文不到三百字，從文學角度看，固是一帖筆觸簡潔、敘事生動、意涵豐富的微散文，但若從動物保護和生態保育觀點來看，則此寫於十二世紀的小品，敘述一位女性尊重生命的理念、行動，以及因此所形成的人鳥和諧、生意蓬勃、欣欣向榮的庭園自然景觀，對二十一世紀的我們而言，實尤具深刻的啓發意義。

記先夫人不殘鳥雀

# 白象

◎豐子愷

白象真是可愛的貓！不但為了牠渾身雪白，偉大如象，又為了牠的眼睛一黃一藍，叫做「日月眼」。

白象及其五子（豐子愷繪圖）

白象是我家的愛貓，本來是我的次女林先家的愛貓，再本來是段老太太家的愛貓。

抗戰初，段老太太帶了白象逃難到大後方。勝利後，又帶了牠復員到上海，與我的次女林先及吾婿宋慕法鄰居。不知為了什麼原因，段老太太把白象和牠的獨子小白象寄交林先、慕法家，變成了他們的愛貓。我到上海，林先、慕法又把白象寄交我，關在一只無錫面筋的籠裡，上火車，帶回杭州，住在西湖邊上的小屋裡，變成了我家的愛貓。

白象真是可愛的貓！不但為了牠渾身雪白，偉大如象，又為了牠的眼睛一黃一藍，叫做「日月眼」。牠從太陽光裡走來的時候，瞳孔細得幾乎沒有，兩眼竟像話劇舞臺上所裝置的兩隻光色不同的電燈，見者無不驚奇讚嘆。收電燈費的人看見了牠，幾乎忘記拿鈔票；查戶口的警察看見了牠，也暫時不查了。

白象到我家後，慕法、林先常寫信來，說段老太太已遷居他處，但常常來他們家訪問小白象，目的是探問白象的近況。我的幼女一吟，同情於段老太太的離愁，常常給白象拍照，寄交林先轉交段老太太，以慰其相思。同時對於白象，更增愛護。每天一吟讀書回家，或她的大姊陳寶教課回家，一坐倒，白象就跳到她們的膝上，老實不客氣地睡了，她們不忍拒絕，就坐著不動，向人要茶，要水，要換鞋，要報看。有時工人不在身邊，我同老妻就當聽差，送茶，送水，送鞋，送報。我們是間接服侍白象。

有一天，白象不見了。我們偵騎四出，遍尋不得。正在耽憂，牠偕同一隻斑花貓，悄悄地回來了，大家驚喜。女工秀英說，這是招賢寺裡雄貓，說過笑起來。經過一個短促的休止符，大家都笑起來。原來牠是到和尚寺裡去找戀人去了，害得我們急死。

此後斑花貓常來，牠也常去，大家不以為奇。我覺得白象更可愛了。因為牠不像魯迅先生的貓，戀愛時在屋頂上怪聲怪氣，噪得他不能讀書寫稿，而用長竹竿來打。後來牠的肚皮漸漸大起來了。約摸兩三個月之後，牠的肚皮大得特別，竟像一隻白象了。我們用一只舊箱子，把蓋拿去，作為牠的產床。有一天，牠臨盆了，一胎五子，三隻雪白的，兩隻斑花的。大家稱慶，連忙叫男工樟鴻到岳墳（編注1）去買新鮮魚來給牠調將。女孩子們天天沖克寧奶粉給牠吃。

小貓日長夜大，二星期之後，都會爬動。白象育兒耐苦得很，日夜躺臥，讓五個孩子糾纏。

牠的身體龐大，在五隻小貓看來，好比一個丘陵。牠們恣意爬上爬下，好像西湖上的遊客爬孤山（編注2）一樣。這光景真是好看！

不料有一天，一隻小花貓死了。我的幼兒新枚，哭了一場，拿一條美麗牌香菸的匣子，當作棺材，給牠成殮，葬在西湖邊的草地中。餘下的四隻，就特別愛惜。我家有七個孩子，三個在外，四個在杭

編注 1.岳墳：即岳飛墓，在杭州市西湖畔。
2.孤山：杭州西湖中最大的島嶼，唐宋以來一直是文人墨客踏青郊遊的勝地。

州，他們就把四隻小貓分領，各認一隻。長女陳寶領了花貓，三女寧馨、幼女一吟、幼兒新枚，各領一隻白貓。這就好比鄉下人把孩子過房給廟裡的菩薩一樣，有了「保佑」，「長命富貴」。大約因為他們不是菩薩，不能保佑；過一會，一隻小白貓又死了。剩下三隻，一花二白，都很健康，看看已能吃魚吃飯，不必全靠吃奶了。白象的母氏劬勞，也漸漸減省。牠不必日夜躺著餵奶，可以隨時出去散步，或跳到女孩子們的膝上去睡覺了。女孩子們笑牠：「做了母親還要別人抱？」牠不理，管自睡在人家懷裡。

有一天，白象不回來吃中飯。「難道又到和尚寺裡去找戀人了？」大家疑問。等到天黑，終於不回來。秀英當夜到寺裡去尋，不見。明天，又不回來。問題嚴重起來，我就寫一張海報：「尋貓：敝處走失日月眼大白貓一隻。如有仁人君子覓得送還，奉酬法幣十萬元。儲款以待，決不食言。××路× ×號謹啟。」過了兩天，有鄰人來言，「前幾天看見一大白貓死在地藏庵與復性書院之間的水沼裡，恐怕是你們的。」我們聞耗奔喪，找不到屍體。問地藏庵裡的警察，也說不知；又說，大概清道夫取去了。我們回家，大家沉默致哀，接著就討論牠的死因。有的說是牠自己失腳落水，有的說是頑童推牠下水，莫衷一是。後來新枚來報告，鄰家的孩子曾經看見一隻大白貓死在水沼上的大柳樹根上。後來被人踢到水沼裡。孩子不會說誑，此說大約可靠。且我聽說，貓不肯死在家裡，自知臨命終了，必遠行至無人處，然後辭世，故此說更覺可靠。我覺得這點「貓性」頗可讚美。這有壯士風，不願死戶牖下兒女子手中，而情願戰死沙場，馬革裹屍。這又有高士風，不願病死在床上，而情願遁跡深山，不知所終。總之，白象確已不在「貓間」了！

白象失蹤的第二天，林先從上海來杭。一到，先問白象。驟聞噩耗，驚惶失色。因為她原是受了段老太太之託，此番來杭將把白象帶回上海，重歸舊主的。相差一天，天緣何慳！然而天實為之，謂之何哉。所幸牠還有三個遺孤，雖非日月眼，而壯健活潑，足以承繼血統。為防損失，特把一匹小花貓寄交我的好友家。其餘兩匹

兩匹小白貓，常爬在我的腳上(豐子愷繪圖)

小白貓，常在我的身邊。每逢我架起了腳看報或吃酒的時候，牠們爬在我的兩隻腳上，一高一低，一動一靜，別人看見了都要笑。我倒已經習以為常，似覺一坐下來，腳上天生成有兩隻小貓的。

——選自《豐子愷文選》，洪範書店

## 作者簡介

豐子愷（1898～1975），浙江崇德人，曾留學日本，歷任復旦大學、浙江大學等校教授，曾創辦立達學園，並任開明書店編輯。著有散文集《緣緣堂隨筆》、圖文合集《護生畫集》六冊等，並譯有日本小說及西洋畫論多種，為近代中國文藝巨擘、一代文學美術宗師，影響深遠。

## 慢讀與深思

乍看豐子愷此文篇名，頗令人以為主題與象有關。但文章首句，豐子愷劈頭便告訴讀者，「白象」是他家愛貓，所以如此命名，是因此貓全身毛色雪白、身軀龐大之故，接著更指出白象具有「日月眼」之特色，與眾不同，是一隻魅力無邊、超級吸睛的可愛貓。

接著，豐子愷以輕鬆愉悅之筆，刻劃全家人與白象歡喜互動之種種，趣味十足；又描述白象懷胎產子、家人細膩照顧情景；更書寫白象最後不見蹤影，家人四處尋找，豐子愷甚至出十萬重金尋其下落的過程，以及最後，白象永別、豐子愷以相同的愛繼續照顧其遺孤等等，生動寫實之外，均無不令人深受觸動，感到溫暖。

雖文末所言「貓不肯死在家裡」之說，略欠科學根據，此外以「壯士風」、「高士風」喻貓或譽貓，亦似引申過當，然而也正因如此，適足以看出一代大師豐子愷，真是何等愛貓情深！

全文活潑鋪敘作者一家，與白象締結善緣的美好過程，既是一隻幸福貓咪的生命簡史，也是人類以愛對待動物的具體寫真；身為一隻如此備受主人疼愛關照的貓，白象一生，實可以「圓滿」二字稱之了。

# 北美大草原之土狼

◎楊牧

北美大草原之土狼，印第安人稱它為coyote，發音近於「凱奧鐵」。

有一天我對一個朋友說：「山坡下樹林裡住了好幾隻北美大草原之土狼。」

她吃驚地問：「凱奧鐵？哪裡來的？」

我說：「哪裡來的？牠們沒問我們是哪裡來的，我們憑什麼問牠們是哪裡來的——這原是牠們的世界啊！」

（一）

我第一次聽見牠們嗥呼，是去年春夏之交。那是一個明月溫暖的夜晚，我們在院子裡度過了昏靄漸漸的時光，感覺天地暗了下來，稀落的星辰點綴北方兀自透明的空茫。極光的反射始終那麼顯著，有時終夜不熄。不久其他三個方向也忽然發亮了，樹影滿地，回頭看一輪滿月剛從山嶺外湧出，光彩遍灑湖心。那時空氣裡飄著化不開的香味，一種摻和了山杜鵑和野草莓的香味，以及淡淡的越來越輕的炭火，草地在強烈的月影下是乾燥的，好像露水再也沾不上這溫暖的夜。我們遲遲進屋子，先在朝東的窗前站立片刻，然後我走到書房裡翻看一疊文稿。

就是那樣一個明月溫暖的夜晚，當我不太專心地翻看著一疊文稿，我聽見牠們的嗥呼。

那聲音起初並不特別驚人，只是一陣拔高的，彷彿帶著蕁麻顏色的聲音，於我寧謐深處，忽然閃爍逼近，穿過月光和花樹。我抬頭向外看，傾聽，猜測，不知道那聲音是從哪裡來的，也不能想像牠的意思，瞬息只聽牠一歇又起，這一次拔高了空間十仞，我推門遠眺，竟以為或許可以用雙眼發現牠。恍惚間聽覺斷續，或許是強制用心的原因，感官是錯亂的，惟有努力向樹影濃密處追擊，只怕疏忽剎那牠即消逸，逝去，在我能夠把握到一點形色之前。

是帶著蕁麻色彩的聲音，那遍生於大草原裡的綿密廣被的蕁麻，春天它快速突破大地，熱鬧地開花，到了夏天就在烈日下將結實曬乾，甚至爆開來一粒一粒掉落土地，同時葉子也失去了水分，轉成為一種枯槁金黃的顏色，在小風裡搖動。那嗥呼從山坡下傳來，切過片片月光，彷彿是一種宣告，一種祭典的宣告，在春夏之交的大草原中央，隨著日頭和月光的旋轉，正有一種肅穆的祭典將要開始，在從前某一個不太確定的年代，當蒼鷹和蝙蝠分治了白晝和黑夜，河水充沛，樹林從海岸一直向大陸的分水嶺延伸過去，不旋踵而下山，又朝另外那海岸延伸過去，它們逡巡過綿密的草原，偶爾駐足張望，飛煙和白雲交替嬗遞，空曠，無窮。我聽到那嗥呼之聲，帶著特定的顏色。

河水充沛，在它們早期的年代，從高山傾瀉下無窮冷冽的長流，激盪過澗石和斷木，造成連續的漩渦，喧囂地互相撞擊，涓滴和波浪。那聲音深入密林，在樹幹間閃避前進，復垂直升起，衝過千萬飛揚的槎枒，向破碎的藍天奔去。天上跌落一些細微的陽光，以金劍逆取之勢，一一向榛莽叢中砍去。空氣裡透著寧靜，但又不是寧靜，只聽到陣陣漫長的嗥呼，如河水傾瀉奔流之聲，如樹梢搖曳之籟，是北美大草原之土狼。

我在門口張望，瞬息間那聲音已經停止，只見岡上岡下一片死寂，明月在天，樹影悄然。空氣裡還飄著溫暖的香氣，橫過屋前的馬路光潔如練，曾無一人。我站在那裡，好像是等著，等它再度升起，讓我確實把握其中的奧義，其中的光榮和羞辱，那一類的祕密。我站在那裡等待，而它終於停了。

## （二）

那嗥呼來自北美大草原之土狼。據說牠其實並不是狼，雖然偏食嗜肉，而且顏色和神采大小都像狼。印第安人稱牠為coyote，發音近於「凱奧鐵」，自古橫行於北美西半部大草原之上。有一天我對一個朋友說：「山坡下樹林裡住了好幾隻北美大草原之土狼。」她吃驚地問：「凱奧鐵？哪裡來的？」我說：「哪裡來的？牠們沒問我們是哪裡來的，我們憑什麼問牠們是哪裡來的——這原是牠們的世界啊！」據說現在凱奧鐵的數量已經大為減少。

牠們住在左邊山坡下，一個長滿了樹木的谷底。我第一次聽到這件事就是這樣的，據說一隻母狼剛生了兩隻小狼，很細心地呵護著小狼，但沒有人提到公狼的行綜。母狼帶領小狼在谷底遊嬉，有時也出來到岡上岡下草地裡散步，並且練習嗥呼。我有一次經過那山谷，曾經趨近張望，只是天色幽明，並沒有看到牠們。我對牠們的生息是充滿好奇的。那一年，我時常聽到關於這一家三口北美大草原之土狼的消息，據說小傢伙長得很快，因為牠們食肉；而這正好是牠們的問題，這岡上岡下哪裡來的許多肉？我想起初牠們攫捕的只是草地裡的野兔松鼠之類小動物，不久天漸轉冷，小動物都冬眠去了，我們開始聽說四鄰有些家犬家貓失蹤的事。

第一次聽到牠們嗥呼還只是去年春夏之交，我想像那時小狼還沒有長好，跟那母狼四處覓食，終於走到岡上，當時月亮正無窮盡地揮灑著她的光芒，四野寧謐安靜，母狼興起長嗥，兩隻小狼也仰首學樣，遂於未央的夜間為我構成一片遠古的錦繡，燦爛輝煌。

那時還不曾傳聞家犬家貓失蹤的事。有時聽說牠們橫行越過平坦的草地，並不怕那上面行走打球的人，而人們也為這幾隻北美大草原之土狼那種安詳無邪的神態而詫異，更紛紛渲染他們如何靠近牠們而不曾驚動牠們的獸性。有人說他的高爾夫球飛到牠們母子跟前，一隻小狼好奇地將球含在嘴裡，大概發覺太乏味了，又將它吐出來，另外一隻也重複這整個過程，然而母狼只冷冷觀察，並沒有碰那愚蠢的球。有時聽說牠們沿著山坡下的樹木向西走，甚至穿過馬路，進入小學校的風雨操場，在鞦韆架和滑梯間亂逛；但這個可能性不太大，我懷疑有人看走了眼，錯把誰家的大狗看成了凱奧鐵，北美大草原之土狼。

天氣涼得很快，可是一直到入冬以後，我還沒有親自看到過牠們。關於牠們攻擊家犬家貓的事我也是側面聽聞的，曾經使我不太愉快，覺得有點擔心——倒不是為那些狗和貓擔心，我是覺得牠們這行徑很危險，遲早會引起寵物主人的反感。

（三）

那天下午我乘著太陽還沒有隱去，而山風猶落落細微的時侯，決定出門散步。那是冬季一個難得遇到的好日子，明亮，清潔，而且完全不像往年十一月天那麼冷冽；空氣是沁涼的，甚至透著一點暖意。若不是到處槎枒髮髮，我可能以為那是乍冷還暖的早春吧，正適合我們從住家裡走出，去繞那山岡的脊梁散步。

我出門向左轉，遠遠看見那個駕駛推草機的工人將他的小車停在野櫻樹下，扭過上半身朝左邊長望。我隨他注目的方向看去，金陽底下，草地中央立著一隻可觀的動物，介乎狗與狼之間，優閑平靜，神采飛揚。「凱奧鐵。」那小車上的工人對我說：「我最喜歡看牠了！」「原來．這就是牠，」我說，又在心裡重複一遍：「原來這就是『北美大草原之土狼』。」這冗長的八個字是從字典上查來的。我們靠近野櫻樹，遠遠看那孤獨的狼。牠的身材並不巨大，灰黃雜揉的背上又有黑線交錯，牠的雙耳豎起，好像在傾聽冬天的風響。牠定定站在廣大的綠草地上，眼睛朝向山岡的南麓，尾巴放鬆地垂著，看不出任何狼的警覺，似乎對這周遭一切，包括散步的人和緩駛的車輛，是完全沒有戒心的。

孤獨的狼，牠站在冬天的金陽底下，也許是覺得溫暖吧，雖然不停飄過的小風偶爾也提醒著寒意。「我聽說是一隻母狼帶著兩隻小狼。」我對小車上的工人說：「我聽過牠們夜晚的嗥呼。」

「母狼被殺死了。」他平淡地說，輕輕搖頭：「我一向最喜歡看牠們了。」

「什麼時候的事情？」我追問。

「兩個月前，或許三個月了。牠走進人家院子裡，那個人就一槍把牠打死了。」

所以眼前這是長大了的小土狼。「長得很快，這些凱奧鐵。」那人讚嘆地說。原來母狼真的就是因為侵襲人家的寵物而遭格殺的，正好就是我當初所預感的。母狼死了以後，兩隻小狼必須親自覓食。聽說牠們兩隻小狼很快就獨立起來了，各走各的，就這樣在秋冬之交的兩三個月裡長大起來了。我久久看牠孤獨站在草地的中央，這岡上非常寧靜，久久的，彷彿毫無聲息；而忽然間那狼斜過牠的頭，想像是有一副驚異的表情了，這時我聽到很遠的地方傳來兩聲微弱的狗吠，不期然，那狼蕭索向樹林慢慢跑了過去。

這以後我時常想到那孤獨的北美大草原之土狼，如何在一個縝密開發了的社區裡，錯把高爾夫球場當作牠原住的自然世界，而牠與生俱來的戀慕，對於豐草和樹林，溪流和山谷，那些不可改變的戀慕，即使外界一切在人的規劃下已經失去本來的面貌——對人而言——牠並不能準確區分現在和過去的不同，除了（當然）寂寞。是的，寂寞好像正是那午後之狼的寫照，當牠絕無邪念地獨立於修剪得很平坦的綠草之上，失去了警戒防衛的本能，那樣張望著。我一邊散步一邊想，張望著什麼呢？牠張望失散的同類嗎？也許是的，也許牠在張望湮遠的曩昔，張望凱奧鐵的共同記憶，蕁麻的顏色和氣味。

多麼徒然。

我一邊繞著山脊散步，一邊這樣想。牠絕無恐懼的站在那裡，但不免是困惑的，失落了，直到遠處傳來兩聲微弱的犬吠，才忽然驚起，將自己藏身在冬天的樹林裡。

這以後我時常想著這些，然而我並不曾再看到牠，或牠的兄弟之類的。冬天偶爾嚴霜，早晨看得見遠近濃厚的飛白，路邊的水漬都結成冰了——就是久久不見下雪。雖然不下雪，我知道夜裡曠野酷寒，不免就又想起那隻狼，以及牠的兄弟之類的。昨夜又是一個月明之夜，我在屋裡飲酒，看東方天外那月亮在脫盡葉子的黃楊和密密的青松間徘徊，感覺到時間細微的腳步正在光影虛實間進行，忽然我聽到一陣提升飛揚的嗥呼，迅速戾及霜華的天空，以一種曠古不歇的旋律飄過冰冷的草地，以及我喫驚的神經。是牠們，至少兩隻在一起，以堅毅的想像為嚮導，彷彿為了摧毀寂寞，為了鼓盪記憶，那帶著鄉愁般無奈的記憶，正對著躊躇的月亮大聲嗥呼，悠長的，迢遠的，將我領到過去的時空，凱奧鐵，啊北美大草原之土狼！忽然四鄰犬吠聲起，此起彼落，又成密集一片，狼嗥戛然而止。我趕到窗前張望，只見滿天霜華，一地月光。

——選自《亭午之鷹》，洪範書店

## 作者簡介

楊牧（1940～），本名王靖獻，臺灣花蓮人。東海大學外文系學士，美國愛荷華大學藝術碩士、柏克萊加州大學比較文學博士。曾任教麻薩諸塞州大學、普林斯頓大學、華盛頓大學，後擔任臺灣大學客座教授、東華大學文學院院長、中研院中國文哲研究所所長等，現為東華大學講座教授。曾獲國家文藝獎、吳三連文藝獎、中山文藝獎、中國時報文學獎等。著有詩集《水之湄》、《花季》、《海岸七疊》、《楊牧詩選》，散文集《年輪》、《柏克萊精神》、《一首詩的完成》、《亭午之鷹》，劇作《吳鳳》，文學評論《傳統的與現代的》、《隱喻與實現》，翻譯《葉慈詩選》、《甲溫與綠騎俠傳奇》等數十種。

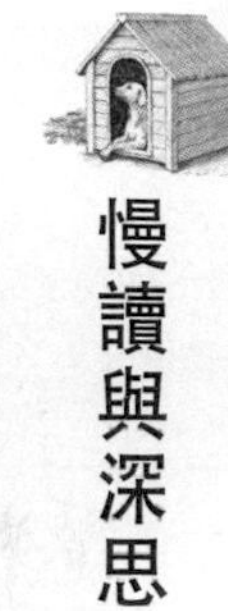

## 慢讀與深思

出以深刻的同情、輕微的憂思、無奈的嘆息，以及未曾言宣的由衷祝福與關懷，楊牧〈北美大草原之土狼〉一文，書寫北美大草原土狼「凱奧鐵」，在已開發為人類社區的原鄉中，眷眷不忍離去的徒然戀慕，以及，牠們在此變調、變貌的原鄉中求生存的艱辛。

全文在形式上，設計成循序漸進的三節。

第一節寫楊牧首次聽聞「凱奧鐵」嗥呼，想像那是「帶著蕁麻色彩的聲音」，除將聽覺視覺化、聲音色彩化之外，更由於蕁麻遍生於北美大草原，於是「帶蕁麻色彩的聲音」遂別具大草原聲音之意涵；而楊牧想像，此聲音於洪荒歲月，穿越山河大地之情狀，「空曠，無窮」、自由、無畏、充滿穿透力，則尤為其賦予原始神祕的莊嚴感。

第二節一開始，先以與友人的對話——「這原是牠們的世界啊！」，暗示土狼「凱奧鐵」才是北美大草原真正的「原住民」！人類其實是後至的強勢闖入者。次則書寫前所述嗥呼，來自一母狼與其剛出生不久的兩隻乳狼。鄰人傳述，這一家三口，常在人類社區——也就是「凱奧鐵」視為原鄉的領域——出沒覓食。由於狼是肉食性動物，凜冬將至，野兔松鼠冬眠，食物不足，「凱奧鐵」勢將侵入人類住家攻擊貓犬，對此危險行徑，楊牧深感憂心。

第三節則記述傳聞化為事實，楊牧終親見「北美大草原土狼」本尊，但母狼因闖入人類住家覓食，已遭無情格殺，兩隻幼狼被迫加速成長獨立，而成楊牧眼前「神采飛揚」形貌。但畢竟是在高度開發的人類社區，「錯把高爾夫球場當作牠原住的自然世界」，故雖看來悠閑平靜，沒有任何警覺，「尾巴放鬆地垂著」，但仍難掩其寂寞、困惑與失落。文末，則在「滿天霜華，一地月光」的澄澈空茫中，遙寄對「凱奧鐵」的思念與祝禱。

全文以詩化的語言與意象，進行敘事，書寫北美大草原土狼失落其「豐草和樹林，溪流和山谷」的悲哀，及其與生俱來、根深柢固、無法改變的原鄉「戀慕」與鄉愁；更藉母狼悲劇，凸顯其在人類世界中的生存困境，筆尖飽蓄感情之外，更突破人類本位主義，深寓同情與關切，餘音裊裊，迴旋不絕，啓人深思，復令人低徊。

# 哀鷲鷹

你只是過境臺灣而已。
和平的南臺灣山林為什麼要有這許多陷阱！

◎蕭蕭

是「呼久——呼久——」的呼嘯，掠過長天；是引長的一聲蒼茫，掠過孤寂的山巖，留下永遠的寂寞，在空谷中迴旋。

每次都來不及仔細瞻仰你的暗褐，你有力的腹部。有時，靜靜地，超遠地望著黑色的寂寞，那一大群一大群的鷲鷹，軍艦般壯觀，由北而南，無聲地掠過頭頂，仍然是，巨大的寂寞。

來不及分辨哪一種寂寞讓我真正感受曠遠與荒忽——我特別喜歡重溫荒忽的感覺，總要期待天外來的一聲蒼茫，或者一片，一片黑色的寂寞。而我總是來不及分辨，你是赤腹的鷹，還是灰面的鷲？

那種敻絕人群的孤獨感，則是曠古以來不曾稍易。一聲單音的呼嘯，或者，靜默的移動。一次俐落的俯衝，或者，無言的盤旋。都是我所熟悉的，就像熟悉自己的血如何在夏天急速冷卻，我熟悉你的孤獨。

那麼高的天空裡，你永遠不會懶散為一朵雲。舍利子一樣凝固著的，是你絕不妥協的孤獨，是你絕不外爍的喜怒與哀愁。在那麼高的天空裡，你或許真是詩人筆下即使到了零下多少度也不結冰的一滴水。我想起詩人瘦削的臉頰，冷肅的的黑色衣袂……

但是，除了冷冷的孤獨，在空中，我真的來不及仔細瞻仰你不苟言笑的威嚴。直到有一天，一個清晨，露水還未全部晞乾，一大串一大串的鷲鷹，倒掛在野狼一二五的把手，我不能相信是你。天空之王，鳥中之雄，真的是你嗎？還有一點溫熱的身子，仍然瞠目直視的眼球，真的是你嗎？冰一樣威嚴的你！

你的眼不會有淚，即使生命已經結束。

即使生命已經結束，你的眼仍然含著遺恨。

從西伯利亞那樣冰寒的地帶來，你有一萬七千公里的旅程，要向南方尋求暖意；你只不過是過境臺灣而已，只不過歇歇翅翼，停留一兩天而已。

你的眼不會有淚，你不知道夜深林靜的時候，為什麼突然一道強光緊緊抓住你的眼睛，不讓你瞬，不讓你轉，只讓你暈眩。銳利的鷹眼永遠不能明白，為什麼有了光竟然沒有了方向？林深夜靜，來不及驚叫，你順著一道強光跌入無底的黑色深淵，一萬七千公里的旅程未完，更不要說回程的一萬七千公里，你的眼中含著遺恨。

我的眼濡溼著淚。

一大串一大串的空中之王，倒栽在機車的兩旁，在露水未乾，空氣中微微漾著草香的清晨，赤腹的鷹，灰面的鷲，失去了天空，也就失去了生命。在這樣和平的南臺灣清晨，以最不名譽的姿勢倒掛在機車的兩旁，圓睜睜鼓著不甘心的眼，瞪著未完的旅程，瞪著天。

好心的標本商人來了，他們帶走所有的鷲鷹，以最好的藥水洗淨你的傷痕，仔細梳理你的羽翼，讓它煥發、有神，仍舊擺出鷹類最雄偉的英姿，擺出永遠的傲岸、孤獨，與寂寞。然後，送上輪船，繼續未完成的旅程。這時，我才能仔細審視你強韌、光滑的羽翼，鈎狀而有力的嘴喙，懾人魂魄的眼神。他們真是好心的標本商人，堅持維護你王者的尊榮，除了生命，他們使你「不朽」。他們真是再好也不過的善心人士，你瞪視的睛球裡有他們喜孜孜的笑容。

從此，你再不能曲腿，降低身體重心、高舉雙翼，然後雙腿一蹬，凌空而起。你再不能用力划幾下翅膀乘勢滑翔，再不能乘風飄舉，再不能精準地從高空中俯衝而下，你再也不能……

每年九月、十月，你只是過境臺灣而已，明年三月、四月，還要從恆春半島的上空飛回北地。每次回程時，同類的數目總是銳減，每一年，鷲鷹過境的數目也一直在下降，那一道強光，是噩夢的開始……然而，你只是過境臺灣而已，和平的南臺灣山林為什麼要有這許多陷阱！心驚膽戰，睡夢中，悄悄地，一道強光倏忽而至，吵醒你，逼你入絕境、噩夢……

齧齒類的鼠輩則在一旁冷笑，牠們一直肆無忌憚地啃嚙臺灣森林，沙沙有聲，讓樹一棵一棵枯死，而你再也不能俯衝直下了，任憑鼠輩肆虐森林，任憑森林荒頹！

森林荒頹了，滿州鄉的春天會在哪裡呢？

明年，鷲鷹還會再來，還會有一道一道殺戮的強光突然閃現嗎？樹一棵一棵被嚙噬，滿州鄉的人能留什麼給子孫呢？荒頽的樹、光禿的山、幾隻鷲鷹威武的立姿嗎？

——選自《太陽神的女兒》，九歌出版社

## 作者簡介

蕭蕭（1947～），本名蕭水順，臺灣彰化人，輔仁大學中文系學士，師範大學國文研究所碩士。曾任中學教職三十二年，擔任明道大學中文系教授、人文學院院長。曾獲青年文學獎、創世紀詩社詩評論獎、新聞局金鼎獎等。著有詩集《雲水依依》、《毫末天地》、《緣無緣》、《草葉隨意書》，散文集《太陽神的女兒》、《來時路》、《放一座山在心中》，論述《現代詩入門》、《現代新詩美學》等。

# 慢讀與深思

蕭蕭〈哀鷲鷹〉一文，所哀鳥類有兩種，一是灰面鵟，一是赤腹鷹。

這兩種候鳥總於秋末冬初，自西伯利亞冰原，迢迢飛越一萬七千公里旅程，到溫暖的亞熱帶避寒，它們常選擇在屏東滿州鄉、恆春半島等地落腳，暫時歇息，並「向南方尋求暖意」，翌年春天再飛回故鄉。在蕭蕭眼裡，不論灰面鵟或赤腹鷹，都是孤高、威嚴、矯捷的「天空之王，鳥中之雄」，值得欣賞、仰望甚至致敬。

但這些遠道而來的訪客、這些具「王者尊榮」的鳥，卻並未受到我們友善的歡迎與對待，反遭到冷血無情的集體獵殺。蕭蕭此文便提及，他曾目睹「一大串一大串」灰面鵟、赤腹鷹，「以最不名譽的姿勢」倒掛於野狼一二五機車兩旁，生命已然結束的鷲鷹們，「圓睜睜鼓著不甘心的眼，瞪著未完的旅程，瞪著天」！——面對如此的待客之道，震驚沉痛之餘，於是，蕭蕭不免要問：

「和平的南臺灣山林為什麼要有這許多陷阱！」

此外，由於鵟鷹以鼠類為食，成群捕殺的結果，數量銳減，致「鼠輩肆虐森林」，造成山坡地光禿荒頹，故此文不只哀鵟鷹，實亦哀南臺灣山林生態，更哀我們傷害過境候鳥的粗暴。

關於過境候鳥，除蕭蕭此文外，余光中亦有〈灰面鵟〉一詩，以遠道而來的島嶼訪客為主題，全詩如下：

高高的緯度啊長長的風
吹來一個遠遠的過客
兩翼還帶著塞外的風霜
和江湖傳說的聯想
無邊的秋色攔你不住

雲程迢迢是幾千里路呢？
但願迎你的是美味的蜥蜴
是蛇，是昆蟲，不是獵者
是南方自由的晴空，只為讓你
帶著溫暖的記憶回去
「我到過一個，哦，可愛的島嶼」（《夢與地理》）

此詩亦曾選入本動物保護・生態關懷系列選集《我只想回到自己的家》中（182頁）。兩位作家作品，一詩一文，一正一反，一歌詠祝福一寫實批判，文類、寫法與題材面向雖異，但關切島嶼候鳥訪客的情懷則一，建議並讀。

哀鷲鷹

# 在呼嘯旋轉的風中

◎童元方

狼／狗小時候長得很可愛，總有人偷著養。稍微大些，狼性漸顯，無法像狗一樣待在家裡，會一而再，再而三的逃出去偷雞、闖禍，鄰居、附近社區聽到狼嚎而心生恐懼，很難說不向警局告發。這意味著七十二小時之內人道毀滅的命運。

剛搬回臺灣時，有位讀者寄了一個風鈴給我。當時辦公室與住家都沒有可掛風鈴的屋簷；現在搬到高樓，反而有了陽臺。把風鈴從原裝的盒子裡拿出來，用一條灰米相間的寬絲帶，繫上陽臺一角。鞭炮似的圓筒，上書「祝福」二大字。小些的字體寫著：願風帶給你我輕輕柔柔的想念；願雲帶給你我心中濃濃密密的祝福。下面吊著的圓片則是「風之頌」三個字。

掛上纔一兩天，「梅姬」來訪。是不是先拿下來？不然不是吹爛了，就是吵翻天，把心都攪亂。新近遷居，環境不那麼熟悉，不如站在漸起的風中，看看那風鈴的動靜。風似乎並不往陽臺的方向吹，所以風鈴只是搖擺，沒發出什麼聲音。我就進屋了。

下午兩三點，風狂雨驟，有如千軍萬馬。天色轉黑了，我心有些惶然，又有些悽然起來。遠遠地傳來細細的音聲，似有若無，好像遙遙來自亙古山中的鐘聲。到底有沒有？我凝神細聽。有啊！忽然悟出了：是呼嘯旋轉中一葉溫柔的風之頌。

這時住在加州的大兒傳簡訊問詢颱風的消息。說起他們幾個朋友開車穿過洛杉磯北面的沙漠，去造訪一處收養狼狗的庇護之地。寫來寫去說不清楚，又著急，乾脆打起電話來。

他們去的是狼的救援中心，我聽了很覺奇怪。洛城這樣的大都會，附近山中居然還有狼；而這在印象中又聰明、又凶狠的動物卻需要救援。中心現在的狼家庭有二十六個成員：兩隻純種真狼，一公一母；一隻土狼與狗的混種，其餘二十來隻都是狼與狗的混種。英文wolf是狼，coyote是土狼，不知是不是黃鼠狼？而其他混種的狼／狗皆稱為wolf-dog。即使狼、狗同宗，中文的狼狗是指長得像狼的狗，德國牧羊犬、阿拉斯加雪橇犬都算狼狗吧！但救援中心的是狼與狗的混種，說得更清楚些，是狼與雪橇狗交配出來的，只好暫譯作狼／狗。是很壞的譯名，但至少不至於誤解。牠們並不一定比較像狼，故亦不可譯為狗狼。

馬與驢配出騾子，讓牠們負重工作，是為人類服務吧？但讓狼與狗配，為的是什麼？這種混種在加州是非法的，但一隻狼／狗值一千美金的毒品，這勾當就有人幹了。有一隻這樣的動物給救到中心時，例行的體檢發現牠體內有許多氣槍子彈，竟然是惡人練習打靶的玩物。

狼／狗小時候長得很可愛，總有人偷著養。稍微大些，狼性漸顯，無法像狗一樣待在家裡，會一而再，再而三的逃出去偷雞、闖禍，鄰居、附近社區聽到狼嚎而心生恐懼，很難不向警局告發。這意味著七十二小時之內人道毀滅的命運。還有因主人禁逃而被鎖上大樹或柱子的，發現時脖子上一片血肉模糊……

窗外風雨一陣緊似一陣，我說我都不敢往下聽了。他說當他聽到中心每一隻狼／狗都曾受虐，而且多半跟媽媽在一起的時間不夠就被送走，他那麼大人都快哭了。他說：「你是媽媽，你懂的。」我太懂了，光這樣聽著也快哭了。

人類違反自然造出的混種，長大了又嫌討厭而棄養。他們無法與人共同生活，也不能回歸荒野。有心人士籌款向加州政府買了一千英畝的土地，讓牠們有一個最接近自然的環境可以重生。他們一群朋友參訪時跟著幾隻狼一起去爬山，也可以說是遛狼。

更始料未及的是：由狼／狗的經歷，救援中心悟出了受傷的人跟受傷的狼一樣，應有第二次機會，所以成立了青少年教育計畫，讓參與的孩子與有緣的狼／狗打破人、狼的界線建立關係。動物不會妄斷人，孩子們不用擔心被批評，這樣逐漸從關懷狼／狗中丟掉自己遭背叛的傷痛，丟掉被拋棄的傷痛，培養自信並信任他人，因而與狼／狗一起療癒與成長。

電話結束在這裡，希望的音符是我們的曲終收撥。驚風急雨中依然隱隱聽到了風鈴聲。啊！我的風之頌。

——選自《夢裡時空》，香港中華書局

## 作者簡介

童元方（1949～），臺灣屏東人，臺灣大學中文系學士，美國奧勒岡大學藝術史與東亞所雙碩士，哈佛大學哲學博士。曾任教於哈佛大學、香港中文大學，並任東海大學外文系講座教授暨文學院院長。著有《一樣花開：哈佛十年散記》、《水流花靜：科學與詩的對話》、《愛因斯坦的感情世界》、《夢裡時空》，並譯有《愛因斯坦的夢》等。

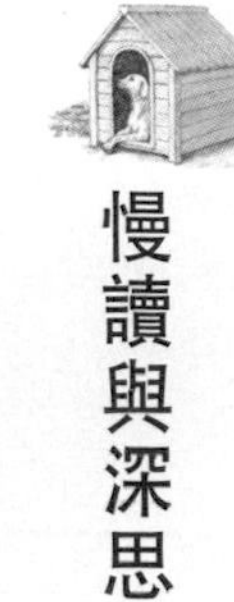

## 慢讀與深思

從一個美麗的風鈴切入，童元方〈在呼嘯旋轉的風中〉其實是一帖平凡溫馨的家常書寫，記述「梅姬」颱風橫掃臺灣之際，她和在美國的兒子透過電話，談論並分享洛杉磯某「狼狗庇護中心」救援狼與混種動物的故事。重點原是「在呼嘯旋轉的風中」傳遞著思念與祝福的風鈴聲，以及，相互問訊關懷的母子情。但因童元方與兒子的談話內容，全落在人道救援動物的主題上，遂使此文充滿鮮明的動保色彩。

簡言之，由於人類違反自然，以狼、狗錯雜交配，造成「無法與人共同生活」、「也不能回歸荒野」的混種，而面臨進退兩難的生存困境。所幸善心人士購置廣大土地，成立救援中心，「讓牠們有一個最接近自然的環境可以重生」，總算為人類所製造的問題，找到一個溫暖的救贖之道！

這之中，特別值得注意的是，在做法上，該中心不只單純地人道救援動物，更結合被棄養的狼╱狗，和有心理創傷的青少年，讓兩者打破物種界線，相互親近，建立信任友善關係，「一起療癒成長」！如此富創意的嶄新思維和雙贏作法，同時關懷、救助、照顧了受傷的人與動物，實令人感動、讚嘆。

全文透過狼╱狗的悲慘處境、遭遇，既指陳人類違反自然、製造混種的惡劣行徑，復對有心人善意關懷且救援受創之人與狼的做法深表認同；而以「風之頌」始，以「風之頌」作結，首尾呼應外，更傳達了作者對愛兒、對救援中心內亟待療癒之人與狼的「輕輕柔柔的想念，濃濃密密的祝福」！由於文中曾提及北美土狼coyote，建議與楊牧〈北美大草原之土狼〉一文（32頁）並觀，當有更深刻的認知與收穫。

在呼嘯旋轉的風中

# 斯文豪氏蛙

◎凌拂

我在屋裡，牠在屋外。
我仔細聽著牠的聲音。
隔著玻璃，牠也知道另一頭的我嗎？

山上，一入夜就變得死寂了。點起燈盞，闔上窗帘，伏在桌上或讀書或寫字，就全看自己高興了。

山夜深而且黑，窗外是寂靜、空曠的世界，寧靜而樸素的夜晚，除非想啜一片冰涼的月光，或者飲一飲清涼的野風；有時也怕在暗裡，不慎踩到出外貪涼的遊蛇，因此多半是不出門了。

臨窗伏在案頭，總覺有事。只隔一道玻璃，鳥鳴不斷。荒山的夜，當然不可能有鳥兒在這個時候叫得起勁，依鳴聲和常理推測，那麼當是蛙類了。叫得似鳥一般的蛙類，又應當是斯文豪氏蛙了。斯文豪氏蛙隱密、害羞，不易被發現，喜歡棲息在溪谷、山澗或小瀑布等水邊。白天單獨躲在岩穴或土洞中鳴叫；晚上單獨出現在洞口或溪石上悄然覓食。至於為什麼會出現在我的居所附近，也可以推測因由吧。

光點在全黑的山裡，引來各種蟲豸飛蛾，食物的誘引是重要的因素了。

每天一入夜，就聽到鳴聲悠悠，斯文豪氏蛙叫得像鳥一般，輕輕細細，一隻瘦質娉婷的鶯亞科或繡眼科的鳥類。那感覺就在窗邊，我在屋裡，牠在屋外，我仔細聽著牠的聲音，隔著玻璃牠也知道另一頭的我嗎？認識和了解另一種生物是應該的，所有的生命都應該在了解和尊重中共同展現，是我，就希望有一張桌子，安靜的讓我讀書寫字；是牠，就希望有一片無慮的空間，自在的讓牠棲止跳躍；我們隔窗而據，每天一入夜，點起燈盞，牠的鳴聲就在窗

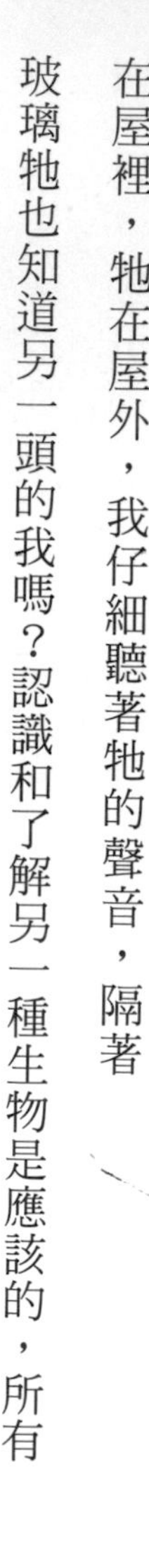

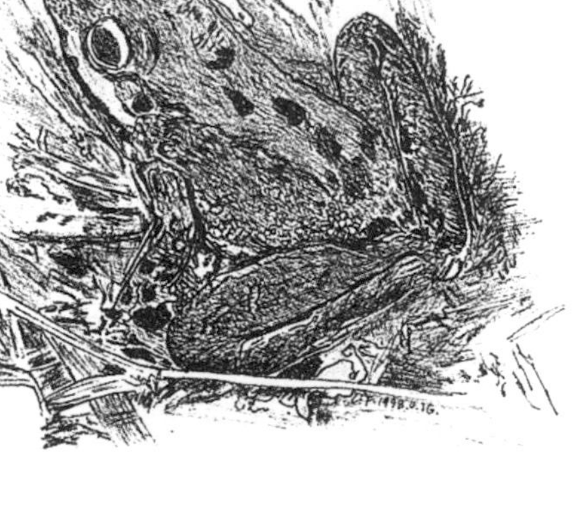

斯文豪氏蛙（凌拂繪圖）

邊伴著我讀書、寫字。

因為期待牠的聲音，所以就這樣隱密的保持著現狀，不敢相擾。有一天晚上八時許，出外晾衣服，啊，果然看到牠，小小巧巧，靜謐的臥在窗臺上享受山夜。背部是草色的綠，體側夾褐，前後肢微帶斑紋，青蛙王子果真在我窗臺上蟄伏著。我輕輕離開，回去坐在窗戶的另一邊，如果給個特寫，玻璃這頭和玻璃那頭，山居的生活又多一重美麗的經驗。

後來，不意在白日裡和牠相見，一早牠急急隱入窗下掩蔽，我掀開雜物，牠就伏在當中。細細看牠一眼，牠的溫度永遠比暑熱低涼，輕輕蓋上讓牠重回原處，空間轉暗，暗處或許也象徵一分安全。

住在山上周遭生物不斷，昆蟲兩棲之屬常在身邊，長腳赤蛙就常在我的室內左跳右跳，一時半時的成了共存的室友；牠遠遠潛在我腳下一隅，研判我的行止，而後決定自己的動向。又有時我在門外看書，屋邊橫出的一枝野薑花，葉上臥著一隻小小的翠綠的中國雨蛙，白日裡伏在蔭處，一伏半天動也不動一下，一點也不吵，就這樣我看書牠靜伏，那種感覺，天下的靜都清素簡淨的印在心底了，心靈的細節，那是最深的感應了。

有一日晌午，屋後亂草叢，一枝橫掃到窗上的割芒，上面臥著一隻日本樹蛙，陽光淡影斜斜錯落，我看了內裡會心，非常喜悅生活中出其不意的喜悅，蛙類蟲豸之屬，我高興生活在這樣一個充滿了蹤跡遊絲的所在。

後來上課時，竟在教室裡發現了一隻斯文豪氏蛙，體型略大，全身褐色而具有綠色斑紋。小朋友看了，高興的圍繞著牠，牠奮勇跳躍三、兩下衝出室外縱入花圃，小孩的尖叫聲歡悅魔幻像面對一則傳奇。斯文豪氏蛙住進了長滿腎蕨的花圃中，細枝亂離，是一個安全的、適合牠的所在。

然而小朋友戀戀不忘，接連幾天都在花圃裡尋牠出來，捧在手裡撫撫弄弄，然後又讓牠回到花圃裡去，軼事和傳奇，一個小花圃裡也延伸出許多故事。小孩翻著翠葉，灑著細水，塞一小片水果，這情況，也或許斯文豪氏蛙一點興趣也沒有，但是小孩的心意是到了，只差綠葉上沒有附上一行小字，寫著：我們都是一群喜歡你的小孩。

斯文豪氏蛙會長久住在小花圃裡嗎？暑假來臨，換來惦記的是我，小孩暫時離開學校，斯文豪氏蛙也會跟著消失了蹤影嗎？斯文豪氏蛙會是小孩的寵物，小孩也會是斯文豪氏蛙信賴的朋友嗎？山裡的一則傳奇如是在風中懸盪著。

——選自《與荒野相遇》，聯合文學出版社

## 作者簡介

凌拂（1952～），本名凌俊嫻，曾任教職，現專業寫作。曾獲《中國時報》文學獎、《聯合報》文學獎、開卷年度好書獎、洪建全兒童詩獎等。著有《世人只有一隻眼》、《與荒野相遇》、《學校一百歲》、《山・城草木疏：綠活筆記》、《甲乙丙丁：十七個寬容等待的教學故事》、《帶不走的小蝸牛》（福爾摩莎自然繪本系列），並譯有《森林的誕生》、《一顆橡實》等。

## 慢讀與深思

凌拂〈斯文豪氏蛙〉一文，不假雕飾，以一枝清寧樸素之筆，寫其山居生活中一個「美麗的經驗」，文章充滿畫面感，訴諸視覺更訴諸聽覺，鮮活生動，令讀者遊走字裡行間，也愉快分享了這可喜的經驗。此可喜、美麗經驗主角，便是篇名所示之斯文豪氏蛙。這是臺灣特有種蛙類，因叫聲酷似鳥鳴，故別稱「騙人鳥」或「鳥蛙」。凌拂寫其山居夜讀，與這種生性害羞、作風低調的野蛙，隔窗相伴，「我在屋裡，牠在屋外」，人蛙兩不相擾，心有靈犀，和諧並存，彼此在美好的默契中，有一種真正的「了解與尊重」。

凌拂戲稱這伴其夜讀的斯文豪氏蛙為「青蛙王子」，除曾隔窗細聽其「鳴聲悠悠」外，更曾意外與之相遇，但歡喜照面一番後，「輕輕離開」、「輕輕蓋上」此蛙之掩蔽物，希望牠感到安全的舉動，充滿善意與體貼，或許，這便是心有所感的斯文豪氏蛙，在她窗外戀戀不去的原因吧！凌拂曾在國小任教，文末所寫班上小朋友，與花圃中斯文豪氏蛙歡愉互動的情節，饒富喜劇性；而小朋友只差沒在綠葉上文字傳情——我們都是一群喜歡你的小孩——之敘述，童心童趣十足，尤令人不覺莞爾。

全文雖亦另寫長腳赤蛙、中國雨蛙與日本樹蛙，淡筆素墨，歷歷如繪，但主要仍聚焦於夜讀相伴、彷若朋友的斯文豪氏蛙。人蛙如此深情相遇、相聚，復相伴，於凌拂固是一則難忘的山中傳奇，對讀者來說，又何嘗不是呢？

# 喵星人森林（三帖）

◎陳幸蕙

・安得碧林千萬頃，大庇天下棄貓棄犬盡歡顏！

・大自然裡沒有垃圾、廢棄物和所謂「一次性使用」之事。

・只有人會產生廢棄物！

## （一）喵星人森林

看見一隻憂鬱的貓。

在陽光晴美的假日，嘉年華氣氛的公園，慈善團體舉辦的流浪動物認養活動中。

如一尊消沉落寞之石雕，冷眼注視歡樂的人來人往。憂鬱，但仍保有貓族高傲的眼神，所傳達的訊息是：

「籠子外的風是自由的。

蝴蝶是自由的。

落葉是自由的。

我，想和它們一樣！」

……

一座群花翻飛、充滿奇幻感的森林（鄭涵熙攝於英國劍橋）

凝望不快樂的石雕，無能解救牠的苦難，終撇下那渴望愛、被幽囚的受苦形象，轉身離去時，我忽想起了一座群花翻飛、充滿奇幻感的森林。

宮崎駿動漫故事中，也有一座神祕深邃的龍貓森林，隱藏在時光裂縫裡。

天真純潔，是前往森林的護照，只有思無邪的孩童，才能打開魔法之扉，進入那不可思議的世界，遇見龍貓。

至於我，若亦能擁有一片森林——不論是想像中或現實中——我想，我會為它取名「喵星人森林」（副稱「汪星人森林」）吧！

喵星人、汪星人，是貓、狗的網路暱稱，令人莞爾的童趣與科幻想像外，我喜歡那把動物生命，提升至人的位階看待的平等心。

杜甫名句：

「安得廣廈千萬間，大庇天下寒士盡歡顏！」

如果可以，我想借用、更動成：

「安得碧林千萬頃，大庇天下棄貓棄犬盡歡顏！」

那不是虛構的奇幻故事。

那是我此生，啊，最真實的華麗心願！

## (二) 親愛的月熊

親愛的月熊：

聽說奄奄一息的妳被送到救護中心時，圓眼睛裡汪著清亮的淚；當獸醫為妳清洗縫合傷口後，疲倦的妳沉沉睡去，現正與死神拔河中！

我知道妳曾在「活熊取膽場」受苦至深，如今終獲自由，親愛的月熊啊，請妳一定要努力、努力——戰勝死神活下來！

過去那悲慘的十年，據說，妳一直被囚禁在高僅五十公分、無法轉身的牢籠內，每天固定兩次，在無麻醉情況下，膽囊被插入導管，遭人抽取墨綠黏稠的膽汁，傷口從不曾癒合，也從不曾吃飽或暢飲足夠的水，只因「活熊取膽場」主人說，飢餓口渴會讓妳分泌更多膽汁！而為防止妳扯下導管或不堪痛苦自戕，妳不但被拔除利爪，且被套上如刑具般，固定肋骨、抵住喉頭的鐵背心！當十年令人心碎、髮指的歲月結束，散發腐臭氣味的背心，如第二層皮膚般自妳身上取下，生鏽的鐵片上，啊，沾滿了令人不忍目視的——妳的毛髮、糞便與血跡！……

然而，親愛的月熊，請聽我說，這些最不堪最痛苦的噩夢，都已成過去，妳已被那企圖「終結三千年熊膽入藥歷史」的動物保護組織救出，不會再受苦了。

窗外草地上，妳看！

懸掛在高大橡樹上的木塊已塗滿蜂蜜、芬芳的蘋果就擺在樹杈間，等待你們自由取食；妳的同伴正在寬闊碧綠的草地上開心打滾、搔癢、晃著肉嘟嘟屁股跑來跑去！

雖然，和妳同時被救出的兄弟姊妹，有些在手術檯上死去，有些情況太壞，不得不安樂死，且都已葬在森林墓園，但親愛的月熊，寄託無數愛妳之人救贖盼望的寶貝啊，請妳，請妳無論如何，一定要奮力越過死亡線，活下來！

當妳像一頭熊真正快樂自由地活著，總有一天，親愛的月熊，我要親自來看妳，請妳吃蜂蜜，甚至負擔妳此生所有蜂蜜的費用！

——我們講好了喔！

親愛的月熊，到時候妳不可以失約喔！

## （三）大自然裡沒有垃圾

衣櫥裡有一件我很喜歡的運動衫，以咖啡紗為原料製成。

當初在店裡所以特別挑選它，是因為「咖啡紗」三字吸引了我。

其實我並不特別愛咖啡。

咖啡紗所以吸引我，是因為它是廢棄的咖啡渣經由去雜質、奈米化處理製成，充分實踐了零垃圾與循環再利用的原則；因此，姑不論廠商標榜這種運動衫如何排汗、快乾、除臭、防紫外線，每次穿起它都令我倍感愉快，主要還是在於它是對地球友善的產品之故。

由咖啡紗，我常想起一本耐人尋味的書《從搖籃到搖籃》。

這本書的中心思想是——人類生產的物品在使用後變成廢物，送到垃圾場、焚化爐處理掉，是一個「從搖籃到墳墓」的歷程；但如果不把它們送進垃圾場，而是轉化成資源再利用，讓產品的生命週期結束後，又重新開始另一個新的生命週期，這就是「從搖籃到搖籃」！

如此理念，作者說，來自他觀察一棵櫻桃樹繁花凋落、重回土壤成為養分、然後又培育出新生花朵和果實的現象，讓他體悟到在大自然裡沒有垃圾、廢棄物和所謂「一次性使用」之事。萬物都在循環利用，生生不息，永續不絕，只有人會產生廢棄物！於是，以大自然為

編注　《從搖籃到搖籃》一書作者為威廉・麥唐諾（William McDonough）和麥克・布朗嘉（Michael Braungart）。前者為美國維吉尼亞大學建築學院院長，後者為德國呂內堡大學化學教授。

師，「從搖籃到搖籃」這強調循環利用、零垃圾、零汙染、零浪費的綠色生態概念便萌芽了。

據說，現在全球每天有二十億人喝咖啡，可產生四萬公噸咖啡渣，若都提煉成咖啡紗，想想看，可減少多少垃圾堆積和資源浪費？

所以——

把咖啡渣製成運動衫！

把墳墓的結局轉化為快樂可喜的新生！

——所謂從搖籃到搖籃，想來，哎，真是世上最美麗的「搖籃曲」啊！

——選自《中國時報·「人間」副刊》，2017年5月8日，與《海水是甜的》，九歌出版社

## 作者簡介

陳幸蕙（1953～），臺灣臺中人，臺大中文系學士、中文所碩士，曾任教職，現專業寫作。曾獲中國時報文學獎、中山文藝獎、梁實秋文學獎等，作品選入國小、國中、大學國文課本。著有《把愛還諸天地》、《與玉山有約》、《玫瑰密碼——陳幸蕙的微散文》、《海水是甜的》、《悅讀余光中／詩卷．散文卷．遊記文學卷》，並編有《小詩森林》、《小詩星河》、《余光中幽默詩選》等。

## 慢讀與深思

陳幸蕙〈喵星人森林三帖〉，包含三篇小品。

第一帖〈喵星人森林〉，敘述作者因無能解救一隻流浪貓脫離其苦難，先是惻然無奈，繼則由現實世界中一座「群花翻飛，充滿奇幻感的森林」，想起宮崎駿動漫中有名的龍貓森林；更變化杜甫〈茅屋為秋風所破歌〉名句，而成「安得碧林千萬頃，大庇天下棄貓棄犬盡歡顏」之遐想或說綺想，看似浪漫無稽，但卻是作者最誠懇真實的「華麗心願」，並冀盼有實現的一天！

第二帖〈親愛的月熊〉，採書信形式，與月熊對話，既沉痛敘述「活熊取膽場」長期加諸於月熊的殘忍剝削與傷害，復讚美動物保護組織，志在終結「三千年熊膽入藥歷史」的決心和種種實際做為，結語除表示了作者對此一愛心營救月熊行動的支持外，更是其對所有正與死神拔河之月熊的由衷祝福。

第三帖〈大自然裡沒有垃圾〉，則從一件「咖啡紗」運動衫寫起，指出「大自然裡沒有垃圾」，並引申至零浪費、零汙染、零廢棄的綠色生態思維。

文中，作者特別提及顛覆了傳統概念「從搖籃到墳墓」的一本書《從搖籃到搖籃》；復具體詮釋，所謂「搖籃」意指新生，「墳墓」象徵死亡，例如咖啡喝完後將咖啡渣丟棄，便是「從搖籃到墳墓」，但如將其回收製成新產品——咖啡紗——再加以利用，就是「從搖籃到搖籃」，而若世上資源都能如此不斷延續、重複其生命週期，循環利用，則零垃圾、零汙染的理想便為期不遠了。

三帖小品，前二者述及動物保護，後者筆涉生態關懷，微散文而寓大祈願，謹與讀者深思、共勉。

喵星人森林（三帖）

# 與臺灣藍鵲的美麗邂逅

◎孫瑋芒

臺灣藍鵲去而復返，在那一刻，我感到我們心靈相通的欣喜。

是啊，我只是一個仰慕著，想看看你們的姿容。

臺灣藍鵲（孫瑋芒攝於新北市烏來新店山區）

臺灣藍鵲（孫瑋芒攝於新北市烏來新店山區）

到烏來、新店巡山訪鳥，已經黃昏了，跑了烏來福山部落、烏來桶后林道、新店廣興河濱公園，我仍然沒有什麼收穫。

已經做了森林浴、健身活動，賞鳥之行偶爾空手而返，符合自然界規律。沿溪行，探訪最後一個地點，作為收工之處。

來到溪邊的森林，兩隻臺灣紫嘯鶇拖著尖銳的「吱吱」聲，從地上追逐到樹上。繁殖期的野鳥，就是像上夜店的年輕男女那麼嗨。

紫嘯鶇在林間瘋狂打轉，引出了另一隻鳥，黑白相間的修長尾羽，在樹間一閃即逝，是臺灣藍鵲！

我潛行接近藍鵲出沒之處，兩隻藍鵲並立，背對我停棲禿樹枝椏間。

牠們察覺到我，倏地展翅飛向溪對岸，我眼睜睜看著兩條長尾飛渡河道，融入對岸淺山的雜木林。

我判斷這片樹林是藍鵲嬉戲、覓食的固定領域，欣賞著溪畔風景，等候牠們回來。黃昏，是野鳥的消夜時間，吃飽了才好睡。沒多久，一隻藍鵲從對岸遠遠飛來，降落在我附近的樹上，從高處瞪著骨碌碌的眼睛，回頭看我。

臺灣藍鵲去而復返，在那一刻，我感到我們心靈相通的欣喜。是啊，我只是一個仰慕著，想看看你們的姿容。

牠的三隻同伴，也一一從對岸飛渡溪流，前來這片樹林聚集。這端的兩隻藍鵲在枯枝上互相凝望，似在戀愛。另一端，葉叢中的藍鵲，不甘寂寞，飛越我的頭頂，三隻共聚一樹。四隻藍鵲湊齊之後，又散開來。

我就這樣在林間看著藍鵲伸出紅嘴、展開藍翼、吊著修長尾羽，在身邊、在頭頂來來去去。我欣賞著藍鵲獨立枝頭、兩兩成雙、三隻個體在枝頭排成金字塔形、四個成員排成橫隊。

現場只有我一人，我得以完全按自己的方式控制與藍鵲互動的方式：低調、緩慢、收斂肢體、與環境融合，小心地不對藍鵲造成驚擾。

我手裡就是一臺相機，不用三腳架。抬著三腳架四處追鳥，在野鳥的眼中，無異掄著大棒子威嚇牠們。

藍鵲讓我加入牠們的聚會，觀看牠們飛翔嬉戲、吃樹上的蟲、在樹枝上擦嘴。有時抬頭看看我，繼續做自己的事。

一對藍鵲玩累了，棲止在低處枯枝，沒有樹葉掩蔽。我逐步接近，試探牠們容許接觸的距離，牠們完全不起警覺心，一直待在原地，宣告著「沒有界限、沒有時限」。

枝頭有一隻比較文靜的藍鵲，停得最久，牠身旁伴侶不斷輪替，向牠示好、挑逗、親吻，看來是一隻萬人迷的雌鳥。一隻尾羽特別長的藍鵲，估計是雄鳥，跳到牠身上，向牠求歡。

鳥類以泄殖腔相接授精，交尾在瞬間完成，有如人類之間的一個輕吻。進行「泄殖腔之吻」的過程中，雄鳥還望了望我。我成為藍鵲之愛的見證人了。

我和這群藍鵲足足相處了半小時，直到暮色降臨，牠們仍然環繞在我身邊。

這片林子雖然偏僻，總會有人經過。我決定告別藍鵲時，來了一名穿運動服的年輕男子，他順著我的視線發現藍鵲群，舉起手機，逕直上前拍攝。藍鵲們立刻一同飛逸，遁入遠處樹林。

他的魯莽雖然使我不順心，藍鵲的反應，也就證明了我是唯一獲得牠們邀請的賓客。

人與人的交往中，一場美麗的邂逅，足堪終生回味。人與鳥的邂逅亦然。

人與人邂逅，會引發進一步的欲望，或是事後伴隨著失落感。

與藍鵲的情感交流，在恰當的時間戛然而止，我感到內心充實而和諧。甜美的餘韻，這些日子一直伴隨著我。

——選自「孫瑋芒臉書」2017年4月26日

## 作者簡介

孫瑋芒（1955～），臺灣桃園人，政治大學新聞系學士，小説家、散文家，曾獲《讀者文摘》中文版聘為特約作家、特約攝影。著有長篇小説《卡門在臺灣》；短篇小説集《我在線上找你》等；散文集《憂鬱與狂熱》、《夢幻的邀請》、《無限的女人》等；散文攝影集《台灣83條小確幸賞鳥行旅》。現從事新聞編輯。

# 慢讀與深思

孫瑋芒〈與臺灣藍鵲的美麗邂逅〉一文，記述其以一名「仰慕者」身分，在新北市新店烏來山區賞鳥，近距離接觸四隻臺灣藍鵲，「沒有界限、沒有時限」，人鳥心靈相通、默契十足的美麗情事。

如眾所周知，藍鵲是臺灣特有種禽鳥，俗稱長尾山娘，屬保育類，曾以高票獲選為「國鳥」，但並非尋常可見。孫瑋芒此文便敘述其訪鳥一無所獲、打算「收工」之際，方意外驚鴻一瞥臺灣藍鵲！然而警覺性甚高的藍鵲，旋即飛向溪流對岸，其後經由直覺與觀察，認定眼前「連三腳架相機亦不使用」的賞鳥者，應友善無害，掌控與人類距離主導權的藍鵲，才放下警覺和戒備，偕同另三位夥伴，重返賞鳥者所在樹林。

接著，四隻藍鵲先後分別以「獨」立枝頭、「兩兩」成雙、「三」鳥聚成金字塔形、「四」友排成橫隊等花樣，透過色彩、身影、姿態等變化，在空間轉換不同的排列組合，更以親暱的肢體動作，邀賞鳥者見證其浪漫之愛。惜文末出現的魯男子，本諸人類自我中心與本位主義，不顧藍鵲感受，「舉起手機，逕直上前拍攝」，大剌剌突兀之舉，破壞原本寧靜和諧的氛圍，四鳥受到驚擾，遠遁他處，美麗邂逅乃寫上句點。

全文記述作者在「小心地不對藍鵲造成驚擾」的情況下，與有緣相遇的藍鵲，於溪流碧林間生動雋永的「情感交流」、「心靈相通的欣喜」。因充實和諧之感與「甜美的餘韻」竟日相隨，裊裊不絕，遂有此文之書寫。

孫瑋芒在其《台灣83條小確幸賞鳥行旅》一書中，曾說鳥是「四季的精靈」、「會飛翔、會唱歌的花」，並表示當他需要補充心靈能量，便走入山野，賞景訪鳥。如是觀之，則賞鳥一事於他，除與「森林浴、健身活動」可產生連結外，更與精神、心靈、思想、形而上層面有關，耐人尋味，建議與下一篇選文——劉克襄〈為什麼要賞鳥？〉——合而觀之，當可發現有趣的對照與印證。

# 為什麼要賞鳥（三帖）

◎劉克襄

你每天的生活都跟自然生態有關，你的每一行為都持續和自然互動，都有可能對自然環境產生衝擊。在臺灣，我們的物質生活真的太過豐裕而近乎奢侈。

## （一）為什麼要賞鳥

為什麼要賞鳥？賞鳥的意義在哪裡？這是爸爸觀察鳥類十幾年來，經常被人詢及的問題。

年輕的時候，我總是嚴肅地回答：「因為要逃避現實城市的社會體制。」後來，拜讀一些六、七〇年代著名鳥類學者對自然觀察的看法，驚喜地發現，他們跟我也都有著相似的意見。譬如美國博物學家阿特金遜就說過：「人們所以對鳥有那麼大興趣，因為鳥在生存本質上，有一部分是在規避人類。」

後來，因為被問多了，我改口說：「想要認識自己。」

為何變成這樣說呢？主要是那一段時間裡，我常到高山賞鳥。前往高山地區，每次都須花很多時間在攀爬。那是一種體能和意志的考驗。一個人不為攻頂，只為了看一隻鳥，竟付出這麼大的心力上山，的確是不可思議的事。這是一種超越，去進行過去認為不可能做，也不可能達到的目標。

小綠山的經驗也是全新的認識自己。有一陣子，每星期我都要上山四、五天。花一整個早上觀察，無論晴雨天，都要蹲伏在蚊蚋叢生的林間溼地。為了獲得更詳細的觀察行為，我經常一坐三、四個小時，忍受牠們的叮咬。但久而久之，也習慣了這種煎熬。有時在林子久了，未遇到這種日子，反而覺得自己不認真工作呢！

現在呢？我又有另一層次的回答：「追尋素樸的生活。」

怎樣的素樸呢？雖說一個人經年住在城裡，並未長時滯留野外。其實，每天的生活還是跟自然生態有關，你的每一行為都持續和自然互動，都有可能對自然環境產生衝擊。在臺灣，我們的物質生活真的太過豐裕而近乎奢侈。唯一的不二法門，便是減少個人的消費，這是自然保育的根本基礎。

我自己是如何生活呢？平常在家裡，爸爸便自己煮飯或做簡單的麵食，偶爾摘採野菜當佐料。我選擇的衣服也十分簡單，終年穿的多半是幾件灰樸帶點綠色的衣服。外出則固定背書包，裡面放著幾本圖鑑、書冊和畫筆。出門時，除了購買生活必需品，盡量不隨便花錢，也絕少去咖啡館或者PUB等地方。我也選擇走路和搭公車的方式上班。每天從辛亥路搭公車到火車站附近，走路繞過新公園（編注：現今228公園）。再到寶慶路，轉搭公車到萬華的中國時報上班。我試著藉這樣固定而常態的生活方式，減輕個人對自然環境的傷害。

現在跟你們談這些，或許嫌太早了，而且充滿教誨之意，實在不是我所願意扮演的角色，但又覺得不吐不快。所以順手寫了，當做你們長大以前，比較苦澀的一次對話。

## （二）自然觀察的道德掙扎

爸爸在小綠山觀察了一年多，最大的掙扎，莫過於是否要用鳥網捕鳥，套上腳環，進行觀察記錄。以及是否要網捉昆蟲，做成昆蟲標本，藉以鑑定屬種。結果，觀察迄今，我尚未捕捉過任何動物，只是在路上撿到過幾種確定已經無法生存的，才取回家去檢視。

依據現有的生物分類標準，我們在野外觀察，有些長相近似的豆娘、昆蟲，如果不捉回家仔細觀察，實在難以鑑定屬種，為何爸爸有著如此幾近迂腐的道德堅持呢？原因很簡單，因為小綠山範圍相當小，我們若捉了一隻，很可能就影響它的自然生態。保存一個物種，遠比認識它來得急迫。更何況我們不是真正的專業研究者。所以，我通常是用一種很不科學而愚笨的方法：設法接近觀察的昆蟲，貼身近看。萬不得已才捕捉，關在昆蟲盒裡迅速觀察鑑定後，隨即放回原地。

觀察鳥類也一樣。不用腳環，就是怕影響牠們的覓食行為，甚至影響生命危險。我都是設法找出每一隻鳥的個別特徵，藉以認識牠們。相對的，也利用更長的時間，讓牠們熟悉我的到來，甚而認同我，接受我是牠們的成員之一。

也許有天，會有一種更精密的儀器問世，解決我在鑑定上的問題。要不，這種自然觀察的道德掙扎，相信是永遠存在的，只要我們繼續在野外觀察，繼續和自然對話。

## （三）蛇

前幾天爸爸帶你們回家時，隔壁的鄰居慌張地跑來，誇張地形容，看到一隻很大的蛇。我猜一定是條臭青母。鄰居知道我常去後面的山上，應該不怕蛇，特別帶我前去查看，希望能將牠打死。我到那兒一看果然是條臭青母，便跟鄰居說：「牠沒有毒不會傷人。」

這時，臭青母被驚嚇著，開始急速亂竄。你們大概是看多了我捉昆蟲，也不知天高地厚，竟然跑上前去湊熱鬧。爸爸一點也不緊張，倒是鄰居嚇得把你們一把拉住。那條可憐的臭青母頭部受傷了，正有鮮血流出。牠顯然十分害怕，忙著在炙熱的陽光下迅快遊走，卻找不到草叢可以躲避。

仔細看這條巨大的臭青母，我大膽揣想，自己是認識的。牠叫阿比，去年我到山裡，便經常遇見牠，但春初以來始終不曾記錄。前些時卻聽說社區的庭院經常有一條錦蛇出沒，當時研判就是牠了。

有了這份熟稔的感情，我生怕別人來傷害，急忙將牠引向後面山裡。這個動作讓鄰居大感不解，一直抱怨不已。我當然無法解釋這種理念，但你們兄弟應該有種直覺，知道我為何會有這種行徑。

其實蛇遇到人類，遠比我們害怕的，因為大部分的蛇相當膽小而害羞。以前爸爸上山最想看到的便是蛇了，牠們是森林裡的指標。一條巨大的蛇存在，意味著大型獵物還很豐富。在一個森林裡看見蛇類不多，總是讓我悶悶不樂。在林子裡遇見蛇，有種荒疏的喜悅。你好像在陌生的星球旅行，遇見了另一個較巨大的生命體，自己的同胞。

——選自《山黃麻家書》，晨星出版社

# 作者簡介

劉克襄（1957～），臺中烏日人，文化大學新聞系畢業，曾任《中國時報》人間副刊副主任、上善人文基金會董事長，現為中央通訊社董事長。曾獲中國時報文學獎、吳三連文學獎、臺中文學貢獻獎等。著有散文集《旅次札記》、《隨鳥走天涯》、《山黃麻家書》、《十五顆小行星》、《兩天半的麵店》，動物小說《風鳥皮諾查》、《座頭鯨赫連麼麼》，繪本《大樹之歌》、《不需要名字的水鳥》等。

# 慢讀與深思

本文三帖小品——〈為什麼要賞鳥？〉、〈自然觀察的道德掙扎〉和〈蛇〉——均選自劉克襄書信體散文集《山黃麻家書》。其中〈自然觀察的道德掙扎〉一帖，原題為〈捕捉方式〉，為求更彰顯生態關懷意涵，經徵得劉克襄同意後，現以此篇名收進本選集。

在《山黃麻家書》序文中，劉克襄曾表示，這一系列以父親身分與角色執筆的家書，都是他深入住家附近山林，探索動植物的客觀記錄與感性書寫，除希望與孩子分享自然觀察心得外，更冀盼孩子在成長過程中能靠近他，也靠近他所熱愛的山野環境。由於出自如此的父愛，因此這三帖以「爸爸」口吻進行敘述的愛的家書，於自然生態關懷取向外，遂格外予人娓娓道來、親切溫暖之感。

在第一帖小品〈為什麼要賞鳥？〉中，劉克襄除向孩子告白自己為何賞鳥、賞鳥有何意義外，更自述其極簡生活模式，並強調此極簡理念，乃是希望，不要因個人過度消費，「對自然環境產生衝擊」。

第二帖小品以傾訴語氣，坦言他從事野外觀察時的內心「掙扎」——是否要使用蟲網，和捕鳥用的腳環？但為了不影響生態，更由於內心強烈的「道德堅持」，於是劉克襄為自己確立的自然觀察準則乃是——「萬不得已才捕捉」昆蟲，但迅速觀察鑑定後，即將它「放回原地」；至於鳥類，則以長時間耐心等待的做法，「讓牠們熟悉我的到來，甚而認同我」，而絕不使用腳環。

第三帖〈蛇〉則透過一條受傷的臭青母，指出人對蛇這種爬蟲類動物不必要的過度反應，並強調蛇在大自然中的生態指標性意義。文末，劉克襄以充滿感情的語調表示，在森林中遇見蛇如遇見「自己的同胞」，如此「民胞物與」的精神，則真是令人由衷讚嘆，且令人望塵莫及了！

然而，如此的理性、溫情、平等心與對生命的尊重，豈不正是我們應細加深思，且見賢思齊之處？

# 擱淺的鯨

◎廖鴻基

這個年代食物並不匱乏，我們欠缺的是寬容對待其他動物的心。

縣政府李先生告知的擱淺地點相當精確，過了岬角，在墳墓與一座橋之間。

車子緩緩靠邊還未停妥，就看到了遠遠礫石灘上一橫隆腫的屍首。兩個人影在灘上停駐，似在撿拾石礫，似乎無視於這條腫脹屍首的存在。冬日微陽煥照出荒野沙灘一片清冷，海潮恍若陷落般遠遠退卻。

我總是覺得，海灘是海洋與陸地兩個世界的界面。這裡是我們腳步的終點，卻也是我們視野無限延伸的起點。一條鯨，在這個海灘擱淺死去，牠選擇這裡為生命航進的終點。

這條擱淺的鯨，嘴頷長在頭底，形似鯊魚，頭殼憨憨大大，下頷疏疏落落釘狀齒列，上頷一根牙尖微微露出牙齦，三角背鰭，體長約兩公尺多。從這些特徵，大致可以判定這是一頭侏儒抹香鯨。

侏儒抹香鯨是深潛型鯨類，主食魷魚，當牠浮上海面呼吸時，若船隻忽然靠近，或漁人擲鏢刺牠，牠一受驚嚇，會立即排出血紅色糞便。一團殷紅血霧障眼中，牠得以從容脫身。

章魚等頭足類在危急時藉噴撒烏墨遁逃，人類行為中有人擅長使用「尿遁」脫身，侏儒抹香鯨則使用奇特的「血糞」脫逃。

漁人擲鏢刺牠後，海面一片血霧，到底有沒有傷到牠沒人知道。因此，漁人通常稱呼牠「血鰡」。

牠頭尖圓鈍，身材肥胖，大眼窟小眼睛，嘴頷顯得小巧可愛，配上頭側的假鰓裂，使牠的臉部表情看起來滑稽突兀，一幅老朽可憐的模樣，彷彿大家都對不起牠似的，我們常戲稱牠們是「苦瓜臉」。

鯨類個體擱淺的原因很多，生病、受傷、年老、回聲定位器官出了毛病……總之，是有不正常情況下才會上岸擱淺。海洋是牠們的生活領域，也是牠們死後的墳場。擱淺鯨類把海灘當作牠們的最終歸宿，是否意謂著某種不尋常的意義。

這條擱淺上岸的侏儒抹香鯨應該是吃足了苦頭，左胸鰭斷裂，背鰭糜爛壓在身上，尾鰭彎扭變形，似是翻了一轉，身上有個圓盤狀傷口；牠的死亡姿態似在訴說生前的種種遭遇。

下頷白骨露出，大眼窟裡蛆蟲滾滾湧動，隨手撿一根樹枝，撥開牠體側的傷口檢視，就那一層橘黑色皮膚下，所有的肌理都在汩汩波動，那是密得不能再密幾乎沒有間隙滿滿包裹住的大團蛆蟲。

當生命離開，腐敗從體內體外開始進駐，醜陋的面貌，湧動的蛆蟲，瀰漫的惡臭，這些將一直持續到形體化做塵土和骨骸，這過程中，軀體將釋出養分，豢養另一起生機，這是大自然無可避免的死亡規律。

這條躺在沙灘上腐化中的侏儒抹香鯨，已經沒有表情，連那楚楚可憐的苦瓜臉也已消逝腐爛。

午后，李先生借來一輛小貨車，鄉公所幾位課長、職員驅車前來幫忙，一輛巡邏警車兩名員警也熱心下來協助，我們打算將這條侏儒抹香鯨運送到學術單位做解剖研究。

我們得先把這頭鯨翻上一塊繫好纜繩的木板上，這個工作並不輕鬆，因為死亡的腐臭氣息就貼緊鼻尖，蛆蟲滾滾好像就要攀上手臂，而且，死亡總是特別沉重，我們八個大漢一起使力，才拖動牠在灘上滑行。

浪濤越來越遠，從牠擱淺位置起，灘上劃下一道拖行的深刻沙痕，之前，牠上岸掙扎困鬥的痕跡早已被潮浪抹去。我想到書中談到的鯨類擱淺處置要點：擱淺的鯨類，通常是生病或受傷，如果遇見了，請立刻與保育單位聯絡。如果動物未死一息尚存，請用溼毛巾覆蓋其身體，在胸鰭位置的沙灘上挖洞以減少壓迫，並隨時澆淋海水避免皮膚乾燥……

幾天前，一條柯維氏喙鯨在東海岸擱淺，當下被圍觀的群眾宰殺分食，這是多大的諷刺，這個年代食物並不匱乏，我們欠缺的是寬容對待其他動物的心。比較起來，這條腐臭的侏儒抹香鯨還算幸運，雖然醜一點、臭一點，但少了些貪婪血腥。

好不容易又拖又抬終於上了車，大家都累出汗水。司機先生說：「味道跟人體臭掉一模一樣。」警員說：「臭嘎嘎，重壞壞，挖個坑埋了可能比較輕鬆。」鄉公所職員說：「奇怪，我們看又臭又髒，不值一文錢，研究單位竟然看牠是個寶。」我們也談起那頭被支解的喙鯨。

這頭侏儒抹香鯨的擱淺，證實這個海域牠們曾經存在，經由學術單位的解剖分析，或可讓我們更了解及關心牠們。至少，牠讓我們素昧平生的一群人在這荒郊野灘談論起嚴肅的生死價值。

海灘是個界面，這頭侏儒抹香鯨意外的闖進這個海灘擱淺，牠或許不由自主地將這段海灘當作墳場，其實牠也不由自主地當起一座橋樑，藉由這座橋，或許我們有機會學會對生命的包容與尊重。

——選自《漂流監獄》，晨星出版社

## 作者簡介

廖鴻基（1957～），臺灣花蓮人，海洋文學作家，曾任海洋生物博物館駐館作家、東華大學駐校作家、海洋大學駐校作家、東華大學兼任教師等，並籌創「臺灣尋鯨小組」、「黑潮海洋文教基金會」，長期關懷臺灣海洋環境、生態和文化。曾獲中國時報文學獎、吳濁流文學獎、賴和文學獎、巫永福文學獎、花蓮文化薪傳獎等。著有散文集《討海人》、《鯨生鯨世》、《漂流監獄》、《海洋遊俠——臺灣尾的鯨豚》、《尋找一座島嶼》、《飛魚．百合》等。

## 慢讀與深思

廖鴻基〈擱淺的鯨〉一文，從一頭陳屍海灘的侏儒抹香鯨寫起，敘述他與縣府鄉公所工作人員、兩名警察，合力將這軀體龐大、腫脹腐爛的鯨屍，送往學術單位進行解剖研究的過程。

文中，作者除據其豐富的海洋漁獵經驗，具體描述侏儒抹香鯨特殊的形貌表情、有趣的求生特色外，復透過怵目驚心的蛆蟲敘述，刻劃死亡無情面貌，更就鯨魚上岸擱淺一事進行思考，企圖在已知的「生病、受傷、年老、回聲定位器官出毛病」等原因外，找出其「不尋常的意義」。而作者尋思此「不尋常意義」的方式，則是從「海灘」角度切入，指出這介於海洋與陸地間的場域，微妙地兼具「起點」與「終點」的意涵。

簡言之，對人而言，海灘固是「腳步的終點」、「視野無限延伸的起點」，但當一隻擱淺的鯨，離開終其一生生活的海洋，選擇海灘為其

「最終歸宿」時，則海灘對它而言，除了是墳場、是海洋生命旅程的終點外，還更是一座橋樑、是它奉獻自己，讓人「學會對生命的包容與尊重」、讓人「更了解及關心牠們」的起點。從這樣的推敲與詮釋出發，於是，當作者提及同樣擱淺於東海岸的喙鯨，竟遭圍觀群眾「宰殺分食」時，這之中所映現的人性貪婪與醜陋，遂格外充滿了諷刺。

全文看似一平淡事件之書寫，卻在事件鋪陳的背後，進行了有關生死、海灘場域、鯨類擱淺議題的思考，並提出作者個人深情感性的解讀，視擱淺死亡之鯨，為來自大海的珍貴禮物，暗寓尊重每一隻擱淺死鯨的意涵，值得深思細品。廖鴻基另有〈鯨〉一文，同樣收於《漂流監獄》一書中，可合而讀之，當對其創作此文的情感背景有更深的了解。

又，本文原題〈墳墓與橋〉，為求更凸顯動保關懷意識，並與全書主題呼應，經徵得作者同意後，現以〈擱淺的鯨〉為名，收入本選集中。

# 碉堡的小山羊

◎吳鳴

失去小山羊之後，我才發覺自己是多麼深愛牠們！

四月以後，一群可愛的羊頻頻出現在電視新聞畫面上，明亮的陽光掩映海浪拍打著白色沙岸，這就是福克蘭群島，如此遙遠卻又如此親近。

然後電視上出現英國的特遣艦隊和阿根廷的軍隊在海上對決。為了幾個大西洋上的荒島和無辜的羊群而不惜一戰是有點可笑的，雖然這場戰爭可能還包括到底是麥哲倫還是約翰發現福克蘭群島的問題，或者跟什麼黑金——石油有關，但是這些都不重要，因為島上的羊群正在咩咩叫，牠們可不知戰爭到底是怎麼回事，槍砲和艦隊並不比山上柔嫩的青草重要。

當電視新聞畫面不斷出現福克蘭群島和艦隊的時候，報紙的第一版也用極大的篇幅報導這些消息，每天的戰事和綿羊的叫聲使我心裡悸動著，常常夜半夢裡忽驚，山羊啼——咩！咩咩！——的溫柔同驚慌，使我回想起初進特遣隊的一些瑣事來。

一九八一年十二月，經過了三次上船下船的折騰之後，終於在波濤洶湧中遲遲艾艾地來到了金門島。在此之前我剛在六月脫下學士服穿上野戰服，頭上的鋼盔取代了方形的學士帽，在火毒太陽下的鳳山步兵學校受完為期四個半月的訓練，野戰服上的領章說明我是一個少尉軍官，乘著LST登陸艇到前線的小島上戍守。

剛下登陸艇，海上航行的疲憊還在，我就被挑選進特遣隊——這是我為什麼特別對特遣艦隊感到親切的原因——然後開始為期兩個月的特遣隊入隊訓練。那是一種艱苦的過程，有許多訓練是非身歷其境的人所能體會，也就不多說了。講些普通的吧！我每天要跑一萬公尺，然後是拳擊和擒拿、柔道等等，此外每天得做幾百個伏地挺身、仰臥起坐和交互蹲跳，因為要上山訓和受跳傘訓練。我每天總是在流血、流汗與流淚中度過，那種日子現在回想起來彷彿是一場噩夢。而在受訓的過程中，每天傍晚結束白天的訓練之後，我總是對碉堡的兩隻黑色小山羊訴說委曲。拔草給小山羊吃，逗牠們玩，因為牠們是我唯一傾訴的對象。小山羊似乎也懂得我的心事，每天傍晚就偎依在我身邊，要我拿草餵牠們。有時候我要衝山頭，由碉堡後面的花崗石小徑衝向太武山麓的平臺，小山羊就前前後後地跟著我跑上跑下，我跑得氣喘吁吁，牠們卻一副悠哉自得的模樣，那時候我好希望自己是一隻黑色的小山羊。

有一次我衝山頭時因為上下跑了不知多少遍，胃裡一陣翻攪就吐了出來，兩隻小山羊在一旁不解地望著我，好像在問平常疼愛牠們的我怎麼生氣了？那種關懷的眼神我永遠都會記得。雖然當時我疲累得連伸手撫摩牠們的力氣都沒有。

日子在疲憊的訓練中度過。一九八二年春天，我終於完成了入隊訓練，正式成為特遣隊的一員。那時候冬天已經過去了，春天的陽光溫柔地撫摩著大地，我感覺生命充滿希望，天地充滿生機。

我的生活開始有了轉變，我拓展生活的領域，和隊上的弟兄們一起喝酒和談一些故鄉關情或女人什麼的。漸漸地我把小山羊淡忘了，雖然偶爾也會在想起時拔些草餵牠們吃，但是傾訴的時候少了，牠們也不再是我心事的寄託。

似乎總是這樣，對於美好的事物或感情，我們習慣淡忘、褪色，像我對小山羊的寄託和牽掛就漸漸被別的東西所取代了。

忽然有一天向晚，我聽到小山羊悲涼的咩咩聲，那種驚慌和無奈的鳴叫使我感覺不祥，弟兄告訴我小山羊要殺了，因為春天過後我們就要回臺灣，那時候是不適合吃羊的。我聽了難過得不知所措。

當我循聲找到小山羊時，牠們正被山繩縛住頸部綁在白楊樹幹上。我蹲下來摸摸小山羊的頭角，慌亂得不知怎麼辦好。我問弟兄能不殺麼？回答的人搖搖頭說不殺留給誰呢？我也說不上來，在這前線的小島上我一個熟人也沒有，陌生的土地呵！我心裡想為什麼不留給島呢？讓牠們快快樂樂地活著多好！而我終究沒有說出來，因為就算說出來了他們也不會懂的。

小山羊就這樣被殺了。

夜晚我常常聽到咩咩的哀鳴。雖然牠們不是我殺的，但是我並沒有努力去救牠們，我常常自責著。

失去小山羊之後，我才發覺自己是多麼深愛牠們，然而事情已經過去了。對過去總是這樣，失去的才想要珍惜，而當時為什麼不肯用心呢？事情總是這樣，老是這樣。

後來我在島上許多地方看到許多黑色的小山羊——似乎海上島嶼是羊的天下，金門島的黑色山羊或福克蘭群島的白色綿羊都一樣——，但是總也比不過碉堡的小山羊，日子一天天過去，對小山羊的懷思也愈來愈深，失去的已然失去，就像逝去歲月裡那些美好事物，回憶、追惜、感傷，永遠是生命裡沉重的負擔與心事。

最近福克蘭群島的戰事益發濃烈了，看著電視新聞的畫面，英國特遣艦隊和阿根廷打得如火如荼，誰也不肯讓誰；報紙上整個第一版甚至第三、第四版的廣大篇幅都是福克蘭群島，人們關心著這場戰爭，討論著這部連續劇的發展，很熱鬧的一齣戲呢！

而我對福克蘭群島的關心不只是戰爭，更不是誰勝誰敗的問題，而是島上的那些綿羊，不知牠們在炮火和槍林彈雨中是否安然無恙？在烽火漫天裡不知是否還有柔嫩的青草地？

——選自《湖邊的沉思》，九歌出版社

## 作者簡介

吳鳴（1959～），本名彭明輝，臺灣花蓮人，東海大學歷史系學士，政治大學歷史研究所博士。曾任《聯合報》編輯、《聯合文學》叢書主任，現任政治大學歷史系教授。著有散文集《湖邊的沉思》、《晚香玉的淨土》、《我們在這裡分手》、《來去鯉魚尾》，論著《臺灣史學的中國纏結》、《晚清的經世史學》等多種。

# 慢讀與深思

福克蘭群島位於南大西洋，是英國的海外領土。一九八二年，阿根廷和英國為爭奪主權，曾爆發「福克蘭群島戰爭」，為當時重大國際新聞。由於距離臺灣遙遠，一般民眾對此可能並不特別關心，但此一遠洋戰事卻令吳鳴「心裡悸動」，不斷關注戰局發展，甚至撰文抒感書懷，主要原因實由於電視報導中，英國特遣艦隊和福克蘭群島的羊，喚起了他一段親切復惆悵之回憶的緣故。

〈碉堡的小山羊〉一文即在此現實感懷中，追憶其昔日服役金門，接受特遣隊訓練時，與兩隻善解人意的黑山羊緣起緣滅之情事。

吳鳴自述在外島接受特遣隊訓練，其艱苦絕非身歷其境者所可想像。但在這每日流血、流汗、流淚，彷如噩夢般的受訓過程中，深感欣幸愉悅的是，由於碉堡的兩隻小山羊，始終溫柔陪伴、無聲關懷，終使他度過服役生涯中最艱苦的日子。可惜其後因訓練結束，小山羊從生活中逐漸淡出，直至返回臺灣前不久，始驚覺小山羊命在旦夕，雖亦曾企圖搶救，但仍無法挽回牠們遭人宰殺的厄運。

全文由電視畫面中所見福克蘭群島青草地上綿羊群，追憶生命中曾深情相遇的兩隻小山羊，愉悅與悵惘兼而有之，令人也不免深感遺憾。至於文中所述，小山羊與人之親密互動，則充分顯示了牠們也是有靈性、有感情的動物！於是，讀完此文，掩卷嘆息之餘，我們遂也不免要問：在不缺糧食的情況下，如此無辜的小山羊，「為什麼不留給島呢？讓牠們快快樂樂地活著多好！」

又，吳鳴此文原題為〈羊〉，為更凸顯文章敘事背景，經作者同意，今以〈碉堡的小山羊〉之篇名，收入本選集中。

# 找狗

◎陳克華

一邊是生，一邊是死，我有什麼資格決定牠們任何一隻的未來生死？沒有被我揀中的小狗會不會因此恨我？

今年春天花蓮家裡的老狗春來死了。春天正也是十三年前牠來到家裡的時候，所以爸取名「春來」。而正好這時媽的身體也明顯衰弱下去。一直有再為爸媽找隻狗的打算，卻被家中許多突然的改變給耽擱了。

直到立冬，才又想起找狗的事。媽頭一個反對，說是老了養狗太麻煩。朋友則力勸不要買名犬，就土狗最好照顧，因為他養的紅貴賓才六歲多，赫然得了青光眼，治療了半年花了大把銀子不說，現在已近完全失明，走路撞牆撞桌椅，他也陪著心痛。而在花蓮開民宿的朋友愛狗第一，在他經營的民宿草地上就一口氣養了八隻狗，他嚴肅地規勸：去流浪狗收容中心找，因為那些狗被送進去，如果兩個禮拜無人收養，就要被送進焚化爐裡安樂死。

「那就這樣吧！」

我找了個無事的星期五下午搭上民宿朋友的車，直奔花蓮市流浪犬收容中心——收容中心埋在一片綠蔭深處的一條小路盡頭，鐵閘門後一座高塔般的爐，爐火燒得正旺，顯然今天正是執行狗「安樂死」的日子。

一位黑面粗壯的工作人員為我們開了門，在表明是來找狗後，驗了證件填好紀錄，便可進入辦公室後方一棟倉庫般挑高、飄著狗屎味的大房子，黑洞洞底水泥地，才沖洗過十分乾淨，黑色大型狗籠一幢幢有如市街般井字排開，人未到便一陣淒厲撕心、震破耳膜的犬吠迎面襲來，令我幾乎為之卻步，幸好朋友在身旁壯膽：

「進去，沒關係！」

這才定神，仔細一籠一籠看過去，狗有大有小體型各異，各樣品種，見人接近皆迅速簇擁過來，前腳搭著籠網狂搖尾巴，高聲哀鳴；有的母狗躺在地上，身邊繞著一群甫出生的小狗，正安靜地餵奶；老犬則虛弱伏地，表情頹喪。也有完好的成犬，皮毛神態骨架看來皆十分健康，甚至是知名犬種，不知為何會流落到這收容所來，木木然繞了兩圈，在眾狗騷動狂吠中只是忐忑不安，舉棋不定，朋友一旁提點我：成犬固然比較容易照顧，但畢竟是要陪伴老人家的，從小養會比較有感情。而且公的容易亂跑出去，母的貼心，怕麻煩一歲後帶去結紮即可。

我一時間心亂如麻，也不知是由於這抉擇的艱難，還是這四周如排山倒海而來的乞憐哀求的眼光，叫我六神無主。

「那就決定是幼犬囉!?」

朋友熟練地替我拿定主意，工作人員便引領我們到一個較小的狗籠前，指著說：「這些都是半歲以內的小狗，都斷奶了，可以從這裡面挑！」

我朝籠裡一望，一大群黑白黃花的初生小狗，皆像瘋了似的擠到面前來，眼珠溼潤，嚶嚶哀鳴，彷彿在呼叫著母親，這，我一時心慌極了：這叫我如何能選？

朋友指著角落裡的一隻，土黃黑嘴，雙耳立豎，鼻頭溼濡，神態靜定，問我：就這隻好了？

我看一眼連忙點點頭，怕再稍有遲疑，便要心碎死在這狗籠前。

「是母的。」

朋友確定後，我們便回到辦公室裡填寫文件，這段時間裡工作人員早已為小狗植好晶片，打完狂犬疫苗，用一隻手提紙箱提來。

回程裡朋友見我長久沉默不語，也說：我最不喜歡到狗收容中心來，氣場好差啊你覺不覺得？這麼多狗死在那裡，冤魂一定很多。為什麼非得安樂死不可呢？流浪狗就結紮找個地方養起來就好啦，幹麼一定要安樂死……。

而我無法接話，只是心頭被那無數隻水汪汪求救的眼睛所纏繞，一時還脫不了身。

這選擇何其艱難呵……。

繼而是從心底洶湧泛起的罪惡感：一邊是生，一邊是死，我有什麼資格決定牠們任何一隻的未來生死？沒有被我揀中的小狗會不會因此恨我？

想起小王子和狐狸的對話。是的，「馴養」讓那隻狐狸從此與眾不同，讓小王子從此每望向夜空，每一顆星星上都會有一朵生他氣的驕傲玫瑰，一座供他解渴的水井，和一隻他所豢養的狐狸。

不錯，我們都活在「關係」裡，不是嗎？凡人的「自我強大」但「關係有限」，惟菩薩才能超越小我而普渡眾生，獻身於宇宙關係網絡無窮無盡的大愛裡。

「你知道你是最幸運的一隻小狗嗎？」

我從後座抱起牠，感覺到牠柔軟溫暖的身體信任地靠攏過來。牠輕輕嗅著我，舔了舔我的臉頰，一旁朋友樂極：會舔你表示跟你有緣，這隻狗以後會親近你……。

或許，我才是最幸運的。

十一月寒冷的東北季風從南濱海岸直灌入花蓮市區裡，才黃昏已經有夜的冷冽，回到家我用毯子包裹住小狗，為牠整理「春來」留下的窩，心想：你是立冬這天來到家裡的，就叫你「冬冬」好了。

像小王子初見小狐狸，此刻我心裡盡是「冬冬」帶給我的無盡溫暖。

——選自《該丟棄哪隻？》，九歌出版社

# 作者簡介

陳克華（1961～），臺灣花蓮人，臺北醫學院（現臺北醫學大學）學士，美國哈佛醫學院博士後研究員，曾任教陽明大學、輔仁大學，現為臺北榮民總醫院眼科主任。曾獲時報文學獎、聯合報文學獎、臺北文學獎、金鼎獎最佳歌詞獎等，近年又涉及影像創作，多次舉行個展，並入圍巴黎大獎。著有詩集《騎鯨少年》、《我在生命轉彎的地方》、《星球記事》、《別愛陌生人》，散文集《愛人》、《無醫村手記》、《顛覆之煙》、《該丟棄哪隻？》，小說《陳克華極短篇》等數十種。

## 慢讀與深思

陳克華〈找狗〉一文，篇幅不長，文字簡潔，標題輕鬆，但卻是一篇主題沉重、讀來亦令人無比沉重的文章。

沉重，首先，在於作者筆下的流浪犬收容中心，無異煉獄。而收容中心緊鄰焚化爐、「氣場好差」的環境中，眾犬等待收容、乞憐求救的眼光「排山倒海而來」，固令人「心亂如麻」，至於其哀號狂吠之「淒厲撕心」，震人耳膜，則尤令人「六神無主」，幾乎要「心碎死在狗籠前」。

其次，所謂「找狗」之「找」，其實，是從一籠籠曾經被棄、即將安樂死的諸犬中，「抉揀」一隻「最幸運」的狗出來。獲青睞者得新生，否則命在旦夕，前程未卜，於是作者不免感慨自問，且質疑自己「有什麼資格決定牠們任何一隻的未來生死？」

全文高度寫實，訴諸讀者聽覺、視覺甚至嗅覺，令人印象深刻外，作者的人道主義情懷亦令人低徊，至於引《小王子》狐狸情節，述及馴養、關係、愛、責任之課題，亦貼切且啓人深思；而在大篇幅沉重書寫後，本文以喜劇性結局終篇，則尤令人感到溫暖愉悅。

今年是狗年，記得某動保團體曾提出其願景為——

下個狗年，沒有浪浪！

於是讀畢陳克華此文，掩卷之餘，遂不免要由衷祈祝，每一隻待認養的流浪狗，都如文中「冬冬」那般幸運，找到真正愛牠的主人；更期盼悲傷絕望的流浪犬收容中心，有一天能從這世界消失！

下個狗年，沒有浪浪！

# 大象永遠不會忘記

◎鍾玉珏

馬戲團表演、被迫載遊客。
你的歡笑，牠的血淚。
人類殘虐，大象永遠不會忘記！

電影《大象的血淚》，母象蘿西被象鉤鞭打，一鞭一血痕，讓牠學會兩腳站立、跪坐、躺臥、甚至倒立。動物的眼淚與辛酸，掩蓋在華麗的馬戲團舞臺以及觀眾的喝采聲之下。其實大象和人類一樣會因喜或悲而落淚，但不知是幸還是不幸，大象記憶力遠超過人類，在商人殘酷的訓練下，擁有的幾乎都是痛苦的記憶。

大象演出一直是馬戲團的重頭戲，而美國真的有一個以大象為主角的知名馬戲團——玲玲馬戲團，該馬戲團在一八八二年引進第一隻亞洲象，帶給觀眾無數的歡樂，但歡樂背後，卻是動物眼淚織就的悲歌。為了讓大象乖乖就範，馴獸師不斷地揮鞭或用象鉤戳刺大象，在鐵的紀律和血的教訓下，大象豈能無淚？

近年來，保育團體揭發馬戲團虐待動物的事實，引發社會撻伐，玲玲馬戲團抵不過輿論，宣布取消大象演出，已有兩百多年歷史的大象表演在二〇一七年五月正式走入歷史，並將退役大象送至佛州的大象保育中心。

除了馬戲團，騎大象這個在東南亞普遍的觀光活動，背後也存在著讓人難以想像的酷刑。在大象三至六歲時，馴獸師就會狠心地硬把小象帶離母象，把牠關在一個窄小的籠子裡，用繩子與鐵鎖捆綁固定住小象的四肢，讓牠難以動彈。接下來，馴獸師會不斷地對小象施以精神和肉體上的折磨，殘忍地用特製的象鉤（Bullhooks）刺戳小象，讓小象挨餓，甚至不讓小象睡覺，所有的訓練必須由痛來承受。而大象每載一次人，頸椎就會被傷害一次，直到牠傷重到無法載人為止，才能「除役」。許多熬不過的小象在訓練中夭折，而撐過去的，終其一生成為人類的奴隸，以及取悅遊客的「玩物」，陪遊客照相、讓遊客騎乘、互踢足球逗觀眾開心、甚至在象鼻裡插著畫筆作畫，讓遊客見證大象不輸人類的靈性。

象牙奇貨可居，也讓大象躲不過人類毒手的厄運。據估計，非法的象牙貿易額每年高達一百億美元。聯合國雖在一九九〇年通過華盛頓公約（CITES）全面禁止象牙貿易，阻止非洲象被大規模殺戮，但象牙的鉅額利潤讓盜獵禁令形同虛設。

大象是陸地上最大的哺乳類動物，除了獅子偶爾可以和幼年或生病的大象一搏之外，大象幾乎沒有天敵。若一生平安無事，可活到五十至七十歲，甚至八十歲。但牠們身軀過於龐大，遇到盜獵者根本無從閃躲。據統計，非洲象數量在二〇〇七年到二〇一四年間，因非法盜獵象牙、棲息地減少等因素減了三成，平均每十五分鐘便有一頭象遭殺害，非法盜獵是最大殺手。

據調查，百分之九十以上的非法象牙來自於最近三年因長牙而遭屠殺的非洲象，而非舊庫存。主要的市場需求來自亞洲，尤其是大陸與日本。大陸市場的象牙價格從二〇一〇年每公斤七百五十美元，漲到二〇一四年的二千一百美元，足足翻了三倍。直到二〇一七年，才在國際輿論的壓力下宣布二〇一八年一月一日起關閉合法的象牙買賣市場和加工中心。

然而這能拯救非洲象嗎？深諳大象困境的專家悲觀地認為，象牙買賣將從合法轉向地下，只要民眾對於象牙的需求不減，對於象牙作為炫耀身分地位的觀念不變，那麼取締只會讓象牙變得更有吸引力，非洲象的命運仍是陰霾重重。

——選自《中國時報·A11話題版》2018年5月27日

## 作者簡介

鍾玉玨（1965～），臺灣臺北人，臺灣大學外文系學士，夏威夷大學傳播系碩士，任教於臺灣大學，並擔任《中國時報》國際組編譯。譯作涵蓋政治、經濟、心理、管理、歷史人文等領域，譯有《常識不可靠》、《忠實的劊子手》、《我的一生：柯林頓傳》、《管他的：愈在意愈不開心！停止被洗腦，活出瀟灑自在的快意人生》等。

## 慢讀與深思

鍾玉玨〈大象永遠不會忘記〉一文，原為《中國時報》一篇新聞專題作品，報導大象近兩百年來迄今，在人類世界所遭遇的非人道對待，以及當前所面臨的困境與危機。

全文先從美國電影《大象的眼淚》說起，指出充滿歡樂氣氛的馬戲團表演中，所有大象明星其實都有著不為人知的血淚心酸史。因為它們娛樂觀眾的精采表演，建築在被虐待毒打的殘酷訓練上，付出了一般人難以想像的痛苦代價。由於「大象記憶力遠超過人類」，於是肉體的痛楚折磨外，聰明且具靈性的大象，可說更承受了嚴重的精神創傷！

其次，作者提及盛行於東南亞的觀光活動——騎大象，指出這種取悅遊客的作法，背後同樣出以殘忍的訓練與虐待，例如強行分離小象與母象、以特製鉤具懲罰小象、不給它食物、不讓它睡覺等。雖然「大象每載一次人，頸椎就會被傷害一次」，但基於觀光商業利益，象群的痛苦被漠視而終生成為「人類的奴隸」、「遊客的玩物」。

文章最後則提及，目前大象面臨的最大危機，在於象牙利益所引發的強大殺機。由於非法盜獵，非洲象「平均每十五分鐘便有一頭遭殺害」，令人震驚！雖作者指出，在動保團體努力下，前述有兩百多年歷史的大象表演，「已在二〇一七年五月正式走入歷史」，但騎大象與非法盜獵象牙，為大象所帶來的苦難仍在，也仍有待動保意識更為伸張，以及人類以象牙「炫耀身分地位」的虛榮觀念澈底翻轉、改變、消失，方能解救其苦難。

全文指出大象身為陸地最大的哺乳類動物，幾乎沒有天敵，但其最大天敵卻是人類。若人類殘虐，大象永遠不會忘記！那麼細讀此文，且回顧兩百餘年來，大象在人類世界的一頁血淚斑斑史，但願它們所曾經歷的痛苦遭遇與當前所面臨的艱困處境，也因我們永遠不忘，付出基本的人道關懷，而終獲得解脫。

# 致一隻老鼠

◎羅伯特・彭斯（英國）
鄭涵熙譯

一七八五年十一月間，因不慎以犁摧毀她的窩，故慰贈此詩。

妳這膽小羞怯的小東西，
唉，心中是何等驚恐！
其實妳不必如此慌忙逃跑，

TO

# A MOUSE,

*On turning her up in her Neſt, with the Plough,*

*November*, 1785.

THE beſt laid ſchemes o' *Mice* an' *Men*,
Gang aft agley,
An' lea'e us nought but grief an' pain,
For promiſ'd joy!

致一隻老鼠

腳步如此狼狽錯亂！
我並不想緊追在妳身後，
拿著滅絕武器般的鋤頭！

我真抱歉，人類對自然的宰制，
破壞了其中的和諧連結，
難怪妳以為我不懷好意，
一見我就驚嚇不已。
殊不知我也是妳可憐的在地同伴，
終有一死！

妳確實常常偷食，
但，這又算什麼？因妳也得努力活下去！

從成捆的糧食中妳偶爾挪走一穗，
這並不算多；
剩下的夠我享用足矣，
並不至造成缺乏！

妳小小的窩，唉，就這麼成廢墟了！
鬆軟的牆，化成灰土被風吹去！
如今還有什麼可供妳再造新巢，
柔軟青草何處尋？
當無情的十二月大風吹至，
一整個冬天都將苦寒刺骨！

想當初妳見這田野已成一片荒原，

嚴冬將至，
遂在荒蕪之下打造舒適小窩，
原以為就此無憂無患度過一冬，
直到「砰」一聲！——我殘酷的鋤頭
把妳的溫暖小居搗毀！

那小小一窩草葉與稻梗，
不知耗費妳多少功夫啃嚼！
多日苦心，如今卻落得
無處落腳，
將忍受冬天的淒風苦雨，
與冰雪寒霜！

但，小老鼠啊，妳並不寂寞，
若說先見之明常淪為徒勞，
則人和鼠一樣，即使計畫如何美滿周全
偏會橫生枝節，
徒留悲傷痛苦
取代原先所預想的歡欣！

比起我來，妳還算幸運的，
妳只是輕輕感到現在的痛苦：
但我呢——喔，我得回顧
然往事不堪回首！
瞻望未來，卻無法看清前途如何，
於是，我猜疑！我憂懼！

## 作者簡介

彭斯（Robert Burns，1759～1796），全名為羅伯特·彭斯，十八世紀蘇格蘭農民詩人。其詩來自生活經驗，讚美自由、平等，因深受民歌影響，流暢生動，平易近人，便於吟唱，故廣為流傳，是英國家喻戶曉的詩人，在英國文學史上具重要地位，對蘇格蘭文學尤影響深遠。本世紀初被票選為歷史上最偉大的蘇格蘭詩人，今日愛丁堡市中心有其雕像。後人將其詩編纂為《彭斯詩選》、《羅伯特·彭斯詩集》等。

## 譯者簡介

鄭涵熙（1979～），臺灣新北市人，臺灣大學政治系學士、外文所碩士，英國劍橋大學英國文學博士班。現旅居英國。

## 慢讀與深思

在英國家喻戶曉，且於本世紀初被票選為「史上最偉大蘇格蘭詩人」的彭斯，是十八世紀蘇格蘭農民詩人，在英國文學史上具重要地位。此處所選〈致一隻老鼠〉，為其傳世代表作之一。

身為詩人，其實彭斯平日亦參與農事。此詩創作背景是，一七八五年初冬某日，彭斯翻土耕種，不慎以犁破壞了一個鼠窩。看著老鼠辛苦打造的「溫暖小居」，只剩殘葉敗梗，（或許，還看見鼠媽媽帶著孩子逃亡吧！）滿懷歉疚、心生不忍之餘，遂提筆寫下這充滿高度同理心與人道情懷的詩。

全詩以草窩被毀的母鼠「妳」為敘述對象，誠懇致歉，且溫暖表示，老鼠偷取人類糧食，並非罪過，「因妳也得努力活下去！」，何況「妳」只是從糧倉中「挪去一穗，稱不上多」，並不造成人類糧食的匱乏！

接著，彭斯以感同身受口吻，對無處落腳的老鼠將忍受冰雪寒霜，深表同情；其後復語鋒一轉，指出世事多變，人生難料，再怎麼周全圓滿的計劃，都可能橫生枝節，「取代原先所預想的歡欣」，就像「妳」，辛苦「打造舒適小窩/原以為就此無憂無患度過一冬」，卻怎知天外飛來「砰」一聲，殘酷鋤頭竟把窩給無情摧毀！

詩末則反主為客，一改原先從人類高度，安慰老鼠的姿態，轉而向老鼠交心傾訴，坦言自己面對人世複雜的憂患、未知的命運，比起只單純失去鼠窩的「妳」來說，實更充滿疑懼與不安。

全詩主題多元，層次豐富，既反省了人和自然的關係，對生命的不確定性亦多所著墨；而詩中，不論是誠懇親切與鼠對話，或直言「人和鼠一樣」、「我也是妳可憐的在地同伴」等表述，都顯示了彭斯民胞物與、對動物平等關愛、尊重生命的態度。〈致一隻老鼠〉所以成為彭斯代表作之一，實其來有自。而如再以此詩，對照我們傳統「老鼠過街，人人喊打」的集體粗暴，則詩中對落難鼠輩展現的溫柔敦厚，尤令人動容、難忘！

〈致一隻老鼠〉為彭斯兩百餘年前作品，因以大量蘇格蘭方言入詩，並非現代英文，原本艱澀難懂，今譯者鄭涵熙掌握該詩微言大義，以生動譯筆呈現詩人惻隱之心與全詩旨趣，宜乎慢讀深思。

# 抬頭對著我

◎E.E.康明思（美國）
鄭涵熙譯

抬頭對著我
從地板縫
靜默凝視
一隻中毒的老鼠

氣息尚存
彷彿在問
我做了什麼
是你不曾做過的呢

## 作者簡介

康明思（Edward Estlin Cummings，1894～1962），全名為愛德華・艾斯特林・康明思，美國著名詩人、畫家、評論家和劇作家。生於麻薩諸塞州劍橋，哈佛大學畢業。一生創作近三千首詩，另有自傳體小説、劇本、散文與繪畫等。其詩喜對語言進行獨特實驗，別出心裁，大膽創新，倍受詩壇矚目與讀者喜愛，有「美國詩壇頑童」之稱。

## 譯者簡介

鄭涵熙（1979～），臺灣新北市人，臺灣大學政治系學士、外文所碩士，英國劍橋大學英國文學博士班。現旅居英國。

## 慢讀與深思

與彭斯詩〈致一隻老鼠〉一樣，美國詩人E.E.康明思的〈抬頭對著我〉，亦以老鼠入詩。

雖然這兩位詩人所處時空不同，兩詩寫法也大異其趣，但卻都在作品中傳達了對弱勢動物的同情關切，並就動物和人的關係進行了耐人尋味的倫理思考。

E.E.康明思是二十世紀浪漫詩人，余光中曾說他是「美國詩壇頑童」，因為他自由不羈，用字尖新，喜歡跳脫框限，大膽對語言進行實驗。例如他曾在mankind（人類）一字中，插入具否定意涵的un而成新字manunkind，藉以暗示人類殘酷不仁，也傳達了他對人類的負面評價。此外，康明思也曾說，愛與自由是他的兩大信仰。透過這樣的認識來讀〈抬頭對著

我〉，便對此詩有更深刻的理解了。

全詩僅簡潔八句，書寫一即將發生的死亡事件，敘述者「我」，是放置藥餌、毒殺老鼠的人；時空背景則定格在——中毒垂危之鼠與人（投毒者），隔著地板，相互對視的短暫瞬間。

投毒者是來檢視其滅鼠績效如何的，而氣若游絲、奄奄一息的老鼠，則彷如聖者般，原諒了毒殺牠的人類，只安靜凝視，彷彿在問：

「我做了什麼，是你不曾做過的呢？」

——是啊，比起鼠類偷食，人類惡行豈不更多、更嚴重？若老鼠要受到如此嚴厲制裁，那人類呢？

看似溫和、實則嚴厲的驚天一問，直指我們脆弱的良心，令人慚愧無言，無法閃躲迴避！而卑微弱勢的老鼠，瀕死凝視、無言受難的畫面，也更凸顯了manunkind一字的批判，落實了其指控。

全詩飽富張力，充滿諷刺，場景集中，焦點突出，人物鮮明，撞擊力道強勁，雖僅八句，卻是一首精簡犀利、無比沉重的詩，足堪品味、省思良久。

# 蛇店

隔著鐵絲籠
冷眼
瞅著那把雪亮的刀
蠕動著
千年前就已潛伏的絕望
有毒一刀
無毒也一刀
梟首而後剝皮

◎洛夫

嘶的一聲
好一身又白又嫩的赤裸
而後腰斬
而後熬成一鍋比淚還濃的湯
至於肝膽
聽說吃了可以使眼睛發亮
比刀子更亮

——選自《昨日之蛇：洛夫動物詩集》，遠景出版社

# 作者簡介

洛夫（1928～2018），本名莫洛夫，湖南衡陽人，淡江大學英文系畢業，創世紀詩社創辦人，中興大學榮譽文學博士。曾於海軍服役多年，歷任編譯官、英文祕書，後任教東吳大學外文系、北京師範大學等。曾獲中山文藝獎、吳三連文學獎、國家文藝獎等，為兩岸三地知名詩人。著有詩集《石室之死亡》、《時間之傷》、《因為風的緣故》、《漂木》、《昨日之蛇：洛夫動物詩集》，散文集《一朵午荷》、《大河的潛流》，評論集《詩人之鏡》，翻譯《雨果傳》等。

## 慢讀與深思

臺北萬華華西街素有「蛇街」之稱，多家蛇肉店曾以殺蛇秀、販賣蛇肝蛇膽湯，招徠老饕、進補者與觀光客。

洛夫〈蛇店〉一詩，便以華西街蛇店為主題，譜寫此族類悲哀與「絕望」的身世故事，並說它們的悲哀絕望是「千年前」就存在的，因為傳統認為蛇肝、蛇膽具明目清火與滋補功效，於是「有毒一刀／無毒也一刀」，只要落入人手，無一倖免！而熬出的蛇湯「比淚還濃」、喝了蛇湯後「眼睛發亮／比刀子更亮」諸句，則尤在不動聲色中，細述了蛇無告的悲情，反諷了人的冷血殘酷。

簡言之，全詩出以報導式的精準紀實，洛夫以零距離現場直擊方式，同樣「冷眼」記錄殺蛇過程，鉅細靡遺，實為一驚心、揪心的華西街寫真。明代文學家徐文長曾說，若一首詩讀來「能如冷水澆背，陡然一驚，便是興觀群怨之品」。細品洛夫〈蛇店〉一詩，當我們讀到詩中宰蛇剝皮——

嘶的一聲

好一身又白又嫩的赤裸

而後腰斬

之際，高度訴諸視覺聽覺、逼真寫實的臨場感，具現了人的殘暴、蛇的痛苦，能不感到「如冷水澆背，陡然一驚」嗎？

不過，可慶幸的是，由於動保意識抬頭，相關法令已明令禁止公開宰殺動物，兼以數十年來過度捕殺蛇類，造成「蛇源不足、蛇肉短缺」，華西街蛇店已被迫紛紛關門，僅存的最後一家，也因老闆決定轉變經營方式，改賣小火鍋，而於二〇一八年五月二十九日宣布歇業，曾盛極一時的華西街蛇店終正式走入歷史。

於是，洛夫此詩，除具體示現了一位詩壇大師高超的寫作技巧外，實亦為華人進補文化，與早年臺北萬華的一葉市井風貌，留下了珍貴且啓人省思的時代記錄。

國家圖書館出版品預行編目（CIP）資料

喵星人森林：動物保護・生態關懷文選／陳幸蕙主編.
- 初版 . --臺北市：幼獅，2018.10
面； 公分. --（散文館；39）

ISBN 978-986-449-125-4 （平裝）

855 107013231

・散文館039・

# 喵星人森林：動物保護・生態關懷文選

主　　編＝陳幸蕙
封面設計＝李如青
出 版 者＝幼獅文化事業股份有限公司
發 行 人＝李鍾桂
總 經 理＝王華金
總 編 輯＝林碧琪
美術編輯＝李祥銘
總 公 司＝10045臺北市重慶南路1段66-1號3樓
電　　話＝(02)2311-2832
傳　　真＝(02)2311-5368
郵政劃撥＝00033368

印　刷＝祥新印刷股份有限公司
定　價＝250元
港　幣＝83元
初　版＝2018.10
三　刷＝2020.07
書　號＝986289

幼獅樂讀網
http://www.youth.com.tw
e-mail:customer@youth.com.tw
幼獅購物網
http://shopping.youth.com.tw

行政院新聞局核准登記證局版臺業字第0143號